cDv
DRESSLER

Anne Eliot Crompton

DAS SCHNEEPONY

Deutsch von Jutta Hamberger

Cecilie Dressler Verlag · Hamburg

Die amerikanische Originalausgabe erschien bei Henry Holt and Company, New York, unter dem Titel *The Snow Pony*
Deutsch von Jutta Hamberger
Einband: Marlis Scharff-Kniemeyer
Satz: Utesch Satztechnik GmbH, Hamburg
Druck und Bindung: Wiener Verlag, Himberg bei Wien
Printed in Austria 1993
ISBN 3-7915-0400-2

Ich schlendere durch die Hungry Hollow Road von der Schule nach Hause. Wie graue Hände strecken sich die Bäume in den Winterhimmel. Die Wolken hängen ziemlich tief, und ich bin traurig. Seit Weihnachten bin ich in der neuen Schule hier in Winterfield, und ich habe immer noch keine Freundin gefunden.
In Holyoke, wo ich herkomme, war Maria meine Freundin. Sie war immer fröhlich, und daß ich Trübsal blies, ließ sie gar nicht erst zu. Hier in diesem gottverlassenen, einsamen Nest bin ich oft traurig.
Vor mir hüpft Marigold Stass den Weg entlang. Sie hört, wie ich hinter ihr durch den Schneematsch platsche. Ob sie sich wohl umdreht, winkt, auf mich wartet?
Natürlich nicht. Hochnäsig marschiert sie durch die Hintertür ihres riesigen alten Farmhauses und knallt die Tür zu. Kein Mensch in Winterfield benutzt die Vordertür. Das ist nicht das einzige, was hier seltsam ist.

Die Hungry Hollow Road ist eine schmutzige zerfurchte Straße. Links und rechts kommt der Wald sehr dicht heran. Wölfe und Bären stehen im Schnee und glotzen mich an. Ich schaue noch mal hin – nein, es sind nur Zweige und große Steine. In Holyoke waren Lichter und viele Leute. In Winterfield gibt es nur gespenstische Wälder und Schnee.

Das nächste Haus gleich rechts ist noch gespenstischer als der Wald. Das Haus von Mr. Flower.

Die Kinder kichern und schneiden Grimassen, wenn sie seinen Namen sagen. Mr. Flower ist so eine Art verrückter Einsiedler. Ich habe ihn noch nie gesehen, und ich glaube auch nicht, daß ich ihn sehen will.

Eigentlich ist sein Haus nur eine Hütte. Der Hof ist mit schiefen Holzpflöcken und Maschendraht eingezäunt. Mitten auf dem Hof steht ein alter, verkrüppelter Apfelbaum. Daran hängt eine Schaukel aus einem alten Reifen. Ich gehe jetzt schneller und beobachte den Hof aus dem Augenwinkel. Vielleicht wird gleich die Tür aufgerissen, und Mr. Flower starrt mich an! Ach du Schreck! Ein grauer, dreckiger Riesenschneeball rollt da unter dem Apfelbaum herum!

Langsam gehe ich weiter, ohne den Blick abzuwenden. Das schmutzige graue Ding wälzt und krümmt sich und strampelt mit vier Beinen.
Ich bleibe stehen.
Der Schneeball rappelt sich auf und schüttelt sich. Er springt auf und ab und verwandelt sich in ein struppiges Pony. Es schüttelt die Mähne, schnaubt, und sein verzottelter Schwanz peitscht durch die Luft.
Ich zucke zusammen.
Das Pony sieht wütend aus. Aber zwischen uns ist ein Zaun, ich bin in Sicherheit. Also wage ich mich näher heran und beobachte es.
Das Pony scharrt im Schnee und schüttelt den Kopf, dann buckelt es und trottet um den Apfelbaum herum. Ohne seine Dreckschicht wäre es so weiß wie das Schneepony, das die Stass-Kinder letzte Woche in ihrem Hof gebaut haben. Wenn es sauber und gepflegt wäre, könnte es richtig schön sein. Aber es gefällt mir nicht, wie es die Ohren anlegt und seine langen gelben Zähne zeigt. Gut, daß der Zaun zwischen uns ist.
Plötzlich sagt jemand neben mir: »Du bist also das neue Mädchen.«

Ich wirbele herum. Ein alter Mann in geflickten Jeans und einem weiten Pullover steht vor mir. Er lächelt und sagt: »Du bist Janet Stone. Deine Mutter unterrichtet an der Schule hier, stimmt's?«

Ich weiche zurück. Wie immer, wenn ich jemanden treffe, den ich nicht kenne, werde ich rot. Irgendwie schaffe ich es zu sagen: »Ja, das stimmt.«

»Du magst Pearl.« Er nickt zu dem wilden kleinen Pony hinüber.

»Ich – es ist ... niedlich.« Ich sage ihm nicht, daß es das erste lebendige Pony ist, das ich aus der Nähe sehe.

»Ich habe ihn auf der Auktion für meinen Enkel gekauft. Arthur ist zehn. Bist du auch zehn?«

»Ich bin dreizehn.« Hat er keine Augen im Kopf? Schließlich bin ich groß genug!

»Ich bin Russ Flower«, sagt der alte Mann. »Willst du Pearl kennenlernen?«

»Na ja, eigentlich ...«

Mr. Flower geht auf Pearl zu und schnappt sich das Halfter. Pearl bleckt die Zähne und stemmt die Hufe in den Schnee. Er hat keine Lust, mich kennenzulernen. Mr. Flower zieht ihn bis zum Zaun. Pearl starrt mich an.

»Pearl ist ziemlich scheu«, sagt Mr. Flower. »Er hat harte Zeiten durchgemacht, und vielleicht hat sich auch lange gar keiner um ihn gekümmert. Aber wir machen ein liebes Pony aus ihm!«

Ein Pferd sollte schön sein, aber Pearl ist häßlich. Sein Fell ist struppig und verfilzt, sein Rücken senkt sich, und seine Stummelbeine sind voll ledriger Flecken. Dazu dieser finstere Blick.

»Laß ihn an deiner Hand schnuppern, Janet. Dann kannst du ihn streicheln«, sagt Mr. Flower.

»Nein, danke, ich ...«

»Na los doch! Einer von euch beiden muß den ersten Schritt machen, und Pearl wird es wohl nicht sein.«

Ich weiß nicht, wieso überhaupt einer von uns den ersten Schritt machen soll. Blitzschnell greift Mr. Flower nach meiner Hand und hält sie unter Pearls Nase. Pearl und ich weichen beide so plötzlich zurück, daß wir stolpern. Pearl schnaubt, dreht sich um und rast davon.

Mr. Flower fragt: »Was meinst du? Willst du den Job?«

»Was für einen Job?«

»Na ja, du siehst ja selbst, mit Pearl gibt's noch eine Menge Arbeit, bis er für Arthur fertig ist. Er braucht jemanden, der ihn pflegt und füttert. Ich kann das nicht alles machen. Außerdem muß er geritten und bewegt werden, und das kann ich nicht. Das muß jemand in deinem Alter machen. Ich zahle dir zwei... zweieinhalb... drei Dollar die Stunde. Jeden Tag nach der Schule. Was meinst du?«

Ich bin viel zu überrascht, um zu antworten.

»Dreieinhalb Dollar die Stunde. Mehr kann ich dir wirklich nicht zahlen.«

In meinem Kopf dreht sich alles. »Also ehrlich«, murmele ich, »ich weiß nicht gerade viel über Ponys.«

Mr. Flower grinst. »Das macht nichts, Janet! Ich werde dir schon alles über Ponys beibringen.«

Eigentlich wollte ich Jackie immer Mum nennen, aber sie ließ mich nicht. »Ich nenne dich auch nicht Tochter«, sagte sie. »Warum also solltest du mich Mum nennen? Ich heiße Jackie.«

Jackie ist so groß wie ich, aber sie wiegt mehr. Sie läuft immer in Jeans und Pullover herum, sogar in der Schule, wo sie Werken unterrichtet. In Holyoke hat mich das gestört, alle anderen Mütter gingen dort mit Stöckelschuhen zur Arbeit. Aber hierher nach Winterfield paßt es. Ihr Haar hängt ihr in einem dicken Zopf bis auf die Hüften. Ständig ist sie mit etwas beschäftigt. Ich glaube, sie hat diese Käseschachtel von Haus überhaupt nur gekauft, damit sie dauernd an etwas herumbasteln kann. Dieses Haus ist zweifellos ein Abstieg. Unsere Wohnung in Holyoke war zwar klein, aber wenigstens funktionierte das Klo.

Wir sind von Holyoke hierhergezogen, damit Jackie an der Schule unterrichten kann. Vorher haben wir mit meinem Vater in Hartford gelebt. Er wurde von einem Lastwagen überfahren. Er ist tot, und ich kann mich nicht an ihn erinnern.

Jackie hat auf ihrem Schreibtisch einen Schnappschuß von ihm stehen. Er trägt seine Uniform, lehnt sich an ein Auto und hat einen Arm um Jackie gelegt. Auf dem Foto sieht er dünn aus, aber sie steht vor ihm, so daß ich es nicht genau erkennen kann.

Um jemanden zu kennen, muß man ihn von vorn, von hinten und von der Seite sehen, in verschiedenen Kleidern, mit ganz verschiedenen Sachen beschäftigt. Ich kann meinen Vater nur sehen, wie er gegen ein Auto gelehnt steht und Jackie umarmt.

Ich achte sehr genau auf Väter. Einmal habe ich Marias Vater gesehen. Er ist klein, still und dunkel. Maria sagte, daß er ein ganz anderer Mensch wird, wenn er wütend ist.

Marigolds Vater habe ich auch schon gesehen. Er ist klein und dick, mit richtigen Pranken von Händen. Ich habe ihn »Marigold!« oder »Sophie!« oder »Frankie!« brüllen hören. Und manchmal habe ich ihn auch lachen hören.

An das Gesicht oder die Hände oder die Stimme von meinem Vater erinnere ich mich nicht. Alles, was ich weiß, ist, daß er genauso gerne gemalt hat wie ich. Aber die Bilder sind alle verlorengegangen.

Jackie und ich kratzen gerade rosa Farbe von einem ziemlich großen Schrank ab. Ich knie auf dem Küchentisch, Jackie steht auf einem Stuhl.

»Na, Jannie«, sagt sie ziemlich laut, um das Kratzen zu übertönen, »was ist? Willst du den Job?«

»Ich glaub schon.« Es wäre jedenfalls besser, als jeden Tag in ein leeres Haus zu kommen. Vor fünf Uhr kommt Jackie nie von der Arbeit zurück.

»Ich war bei Mr. Flower«, sagt Jackie. »Und Pearl habe ich auch gesehen. Sie sind beide ziemlich seltsam.«

»Hast du Pearls Zähne gesehen? Die sind ganz schön groß – damit kann er ganz schön zubeißen!«

»Aha! Mr. Flower wird dir ja zeigen, wie du mit Pearl umgehen sollst. Das ist es, was mir an diesem Job so gefällt – du kannst eine Menge dabei lernen.«

Sie hat also nichts dagegen! Mr. Flower hat sie nicht in Angst und Schrecken versetzt. Ich sage: »Mir gefallen die dreieinhalb Dollar pro Stunde.«

»Geld kann nicht schaden. Aber eins noch, Jannie.« Jackie wirft ihren Zopf über die Schulter. »Du bleibst draußen.«

»Ja, klar, ich arbeite schließlich draußen.«

»Ich meine, ich will nicht, daß du ins Haus oder in den Schuppen gehst. Auf keinen Fall.«

»Was für ein Schuppen?«

»Er ist am Haus. Pearls Stall.«

»Okay, ich geh nicht rein. Aber wieso nicht?«

»Weil wir Mr. Flower nicht kennen.«
»Meine Güte, wir kennen niemanden!«
»Er wirkt wie ein harmloser alter Mann, der sich nur um seinen Kram kümmert. Aber wir sollten lieber vorsichtig sein. Er könnte schließlich ein Werwolf sein.«
»Ein was?«
»Vielleicht verwandelt er sich bei Vollmond in einen Wolf.«
»Also, Jackie!«
»Jedenfalls bist du draußen sicherer. Du kannst schneller rennen als Mr. Flower.«
»Ich kann ja auf Pearl weggaloppieren.«
»Wenn Mr. Flower dir gezeigt hat, wie das geht! Jannie, sei vorsichtig mit dem Schaber, du zerkratzt das Holz.«

Auf meinem Nachttisch habe ich immer einen Zeichenblock, Bleistifte und Farben. Manchmal male ich ein Bild, bevor ich einschlafe. Heute male ich meinen neuen Job, Pearl.

Mit seinem Kopf fange ich an, mit den Knopfaugen und den gefährlichen Zähnen. Fast bekomme ich Angst. Ich zerknülle das Papier und beginne noch einmal von vorn. Ich male Pearl, wie er im Schnee herumtollt. So, wie er sich bewegt, weiß ich, daß er schön sein kann. Unter seinem schmutzigen Winterfell steckt etwas, das ich noch entdecken muß.

Das ist nicht mehr Mr. Flowers Pearl. Es ist ein schneeweißer Lipizzanerhengst, der sich aufbäumt. Seine Mähne und sein Schweif fließen zu Boden, sein Fell glänzt und schimmert. So ist es gut.

Auf seinem Rücken, das bin ich. Ich bin schlank. Ich sitze sehr gerade und halte die Zügel lässig in einer Hand. Meine Hosen, Reithosen selbstverständlich, sind braun, genau wie meine Stiefel. Mein Jackett ist ... blau. Um uns herum male ich lauter schwarze Wolken, damit der Hengst noch weißer aussieht.

Ja, so ist es gut! Mehr wäre zuviel.

Den Zeichenblock lasse ich neben meinem Bett liegen. Wenn ich morgen früh aufwache, werde ich zuallererst mich auf dem schneeweißen Pferd sehen. Mein neuer Job.

Ich hasse die großen Pausen. Zu Hause in Holyoke waren sie nicht so schlimm, denn da hatte ich meine Freundin Maria. Maria mit den funkelnden schwarzen Augen, ihr dichtes schwarzes Haar knistert richtig. Man fühlt sich immer gut, wenn man mit ihr zusammen ist, auch wenn es einem eigentlich mies geht. Maria und ich saßen in der Pause immer auf der Treppe und beobachteten die Jungs, die wie eine wilde Horde herumrasten, und die Mädchen, die in kleinen Grüppchen zusammenstanden und schwatzten.

Maria war nie bei einer dieser Cliquen, weil sie seltsam sprach, schwingende silberne Ohrringe trug und ihre Brüder immer in irgendwelche Prügeleien verwickelt waren.

Und ich war nie dabei, weil Jackie mir nicht all das Zeug kaufen konnte, das man brauchte, wenn man dazugehören wollte. Man brauchte einen riesigen, flauschigweichen Pullover und Leggings. Außerdem einen elektronischen Kalender, orangefarbene Turnschuhe, ein perlenbesticktes Haarband, jede Woche was Neues. Mein Taschengeld hätte nie dafür gereicht. Und Jackie schnaubte nur: »Ha! Vergiß es!«

Sie mußte es mir nicht erklären. Ich wußte genau, wieviel Geld sie verdiente und wieviel wir für Miete, Hamburger, Benzin und den ganzen Kram brauchten. Leggings waren einfach nicht drin.

Aber hier in Winterfield bin ich ganz allein, ohne Maria. Mir ist kalt, innen drin und von außen sowieso, und die Pausen sind das Schlimmste am ganzen Tag.

Alle Mädchen aus der Achten sind in der Clique um Marigold Stass. Sie versammeln sich um Marigold wie der Hofstaat um die Königin. Tunie-Fettkloß, Irene-Oberhirn und Jessie-Superfrau stehen ganz dicht bei Marigold. Die anderen bilden einen Kreis um sie herum, und ich stehe daneben.

Marigold erzählt mal wieder eine Cliff-Geschichte. »Cliff hat sich gestern abend den Knöchel verstaucht, und da konnte er natürlich den Reifen nicht wechseln. Also mußte ich's tun.«

Marigold geht mit Cliff. Von ihm hat sie den roten, funkelnden Freundschaftsring, den sie dauernd trägt. Er geht zur High-School und darf mit dem Auto seines Vaters fahren. Alle wissen das, aber keine kennt Cliff. Und natürlich hat auch sonst keine einen Freund.

»Als wir vom Kino nach Hause fuhren und gerade in Indian Hill waren, platzte der Reifen«, erzählt Marigold.
»Was habt ihr denn überhaupt in Indian Hill gemacht?« säuselt Irene-Oberhirn.
Und Jessie-Superfrau knurrt: »Liegt ja nicht gerade auf deinem Heimweg.«
Marigold schüttelt ihre blonden Locken. »Was geht's euch an? Jedenfalls, wir standen da, es war Mitternacht...«
»Jetzt mach aber mal 'nen Punkt, Marigold!« Tunie-Fettkloß läßt eine Kaugummiblase zerplatzen.
»Na gut, vielleicht war's auch erst halb elf, jedenfalls war's spät. Und der Reifen platzte, und Cliff hatte diesen geschwollenen Knöchel, er konnte kaum noch fahren. Also mußte er die Taschenlampe halten, und ich hab den Reifen gewechselt.«
»Hat er dir das erklärt, langsam zum Mitschreiben, oder wie?« fragt Tunie kauend.
»Daddy hat mir schon vor Jahren gezeigt, wie man einen Reifen wechselt. Sogar mein kleiner Bruder Frankie kann das!«

Der Hofstaat seufzt bewundernd. Ich weiß jedenfalls nicht, wie man einen Reifen wechselt.

Irene-Oberhirn fragt: »Hattest du das blaue Kleid an, das du dir genäht hast?«

»Na klar! Cliff hat gemerkt, daß es zu meinen Augen paßt.« Nähen ist auch nicht gerade meine Stärke.

Die fahle Wintersonne fängt sich in Marigolds Haar, ihrem roten Ring, den bewundernden Gesichtern ihres Hofstaates. Ich zappele mit meinen eiskalten Füßen und seufze.

Am Nachmittag gehe ich nach Hause. Marigold marschiert vor mir, erhobenen Hauptes wie immer, und natürlich tut sie so, als gäbe es mich gar nicht. Ich komme in unser neues altes Haus, an dem noch so viel zu tun ist. Die Stille dröhnt mir in den Ohren.

Aber dann! Ich zwänge mich in meine Jeans und gehe zu Mr. Flower.

Wenn die Kinder »Mr. Flower« sagen, dann rümpfen sie die Nase, als wenn er »Mr. Stinktier« hieße. Ich weiß nicht, was an ihm so schlimm sein soll.

Er ist alt und krumm. Jackie sagt, das kommt von der jahrelangen harten Arbeit.

Er redet schrecklich gern. Kein Mensch würde glauben, wieviel Mr. Flower mir erzählt! Jackie sagt, das kommt davon, daß er einsam ist.
Nach seinem Enkel Arthur ist er ganz verrückt. Ich glaube nicht die Hälfte von dem, was er über Arthur erzählt. Arthur ist der intelligenteste Junge an seiner Schule. Arthur hat beim Eiskunstlaufen den ersten Platz belegt. Arthur hat ein Baby aus dem Feuer gerettet.
Jackie meint, daß Mr. Flower das alles glaubt. »Er ist vernarrt in seinen Enkel. Bestimmt denkt er dauernd an ihn.« Ich frage mich bloß, ob mein Opa Stone, der in San Francisco lebt, jemals so verrückt nach mir war.
Mr. Flower sagt, daß wir Pearl in ein schönes und zahmes Pony verwandeln können, für Arthur, so daß Arthur hin und weg sein wird, wenn er ihn sieht. Wir können aus einem mißtrauischen, unberechenbaren Pony ein Traumpony machen.
Wenn ich daran denke, wird mir richtig warm, und Königin Marigold Stass und ihr Hofstaat verblassen.

Mr. Flower sagt: »Halt ihn gut fest, Janet. So, unter seinem Kopf.«
»Er ist doch angebunden, Mr. Flower.«
Pearl ist über Kreuz angebunden. Zwei Stricke führen von seinem Halfter zu zwei eisernen Pfosten. Pearl steht stocksteif, seine Augen funkeln böse.
»Natürlich ist er angebunden. Aber du mußt seinen Kopf festhalten, sonst kriege ich sicher einen Tritt ab.«
Ich halte Pearl unterm Kopf fest. Er zuckt zusammen, und irgendwie kann ich ihn verstehen. Schließlich weiß er nicht, was diese beiden Menschen mit ihm vorhaben.
Es schneit. Drinnen auf der Fensterbank sitzt Posy, der alte weiße Kater, und beobachtet uns. Seine Ohren und seine Schwanzspitze zucken. Posy fragt sich wohl auch, was wir hier tun.
»Ist schon gut«, flüstere ich Pearl ins Ohr, »wir wollen nur die Warzen wegmachen.« Diese ledrigen Flecken an Pearls Vorderbeinen nennt Mr. Flower »Warzen«.
Mr. Flower hat dicke Arbeitshandschuhe an, jetzt nimmt er eine riesige Schere. »Die ist zum Trimmen«, sagt er. »Meistens benutze ich sie für die Himbeeren, aber hierfür ist sie auch gut.«

Pearl betrachtet die Schere und legt die Ohren an. Mit so einem Ding würde ich auch nicht gern behandelt werden.

Dann sagt Mr. Flower: »Mein Enkel Arthur hat in der Schule ein Buch über Pferde gelesen. Er hat einen Aufsatz darüber geschrieben.« Mit einem langsamen Knirschen schneidet er die erste Warze weg. »Er hat eine Eins dafür gekriegt.«

Ich finde, Mr. Flower hat eine Eins verdient! Pearl hat nicht mal gezuckt.

»Siehst du, es tut nicht weh. Ist wie Nägelschneiden. Jetzt machen wir mal hier weiter ...«

Er fischt ein Taschenmesser aus seiner Jeans und schabt die Warzenränder ab.

»Sie haben mir Arthurs Pferdeaufsatz geschickt. Deshalb habe ich Pearl für ihn gekauft.«

»Wer hat Ihnen den Aufsatz geschickt?«

»Stephen natürlich. Mein Sohn.«

»Ich wußte gar nicht, daß Sie einen Sohn haben.«

»Mädchen! Wie sollte ich sonst wohl einen Enkel haben?«

»Na ja, Sie könnten ja auch eine Tochter haben.«

»Haha, das ist auch wieder wahr! Nein, ich habe nur einen Sohn, Stephen. Und Arthur ist Stephens Sohn.«

»Ist Stephen verheiratet, Mr. Flower?«

»Verheiratet? Was denkst du, natürlich ist er verheiratet.«

Mr. Flower läßt das Messer zuschnappen und versenkt es in seiner Tasche. Er berührt vorsichtig die Stelle, wo die Warze war, und dann fährt er Pearls Bein auf und ab. Pearl schnaubt und stampft mit den Hufen.

Mr. Flower versucht mühsam aufzustehen. Als ich ihm die Hand reiche, schlägt er sie weg. Es tut nicht weh, aber es gibt mir einen Stich. Ich sehe ihm zu, wie er sich hochquält.

Er läßt eine Hand auf Pearls Hinterteil ruhen und geht hinter ihn. Er bleibt stehen und sagt: »Janet, wenn du hinter Pearl stehst, faß ihn an. Zeig ihm, daß du da bist. Wenn du ihn erschreckst, schlägt er aus.«

Drinnen auf der Fensterbank gähnt Posy. Ein Kopf mit Hörnern taucht neben ihm auf. Das ist Rosy, die alte weiße Ziege, die uns neugierig zusieht.

Mr. Flower steht neben mir, die Schere in der Hand. Pearl schüttelt unruhig den Kopf. »Halt seinen Huf

hoch, Janet. So, genau. Jetzt kann er sich nicht mehr bewegen, siehst du?«
Pearl kann sich nicht bewegen, weil er sonst aus dem Gleichgewicht käme. Ich auch.
»In einer Minute haben wir's geschafft.« Das will ich hoffen!
Langsames, regelmäßiges Knirschen. Jetzt das Messer, Schaben.
»Wenn der Apfelbaum blüht, kommt Arthur«, sagt Mr. Flower.
Ich schiele hoch zum Apfelbaum. Auf seinen kahlen Zweigen liegt Schnee. Im Frühling wird er wohl blühen, aber das kann ich mir jetzt nur schwer vorstellen.
Mr. Flower sagt: »Bis dahin ist Pearl ganz anders. Arthur ist bestimmt ganz aus dem Häuschen, wenn er ihn sieht! Dann hat Pearl sein glänzendes Sommerfell, und zahm ist er auch.« Das kann ich mir noch weniger vorstellen.
Mr. Flower rappelt sich auf, eine Hand im Rücken.
Ich lasse Pearl los. Er schüttelt den Kopf und weicht so weit zurück, wie die Stricke es erlauben. Er und Mr. Flower starren sich an. Pearl sieht wütend aus und Mr.

Flower nachdenklich. Schnee setzt sich wie Watteflokken auf Pearls Mähne und Mr. Flowers Bart.
»Gut«, sagt Mr. Flower, »das hätten wir geschafft. Der Anfang ist gemacht.« Und er bindet Pearl los.
Pearl bleckt die Zähne. Dann dreht er sich um und geht ganz nah an den Zaun. Er beobachtet uns mißtrauisch.
»Wir haben noch ganz schön was zu tun, bis der Apfelbaum blüht, Janet!«
Das glaube ich auch!

Als ich aufwache, ist es noch dunkel, und ich habe meinen Traum noch im Kopf.
Ich sause ins Badezimmer und kuschele mich dann wieder unter die Bettdecke. Ich male meinen Traum.
Ein Schäferhund steht aufrecht auf zwei Beinen, die Ohren gespitzt, mit heraushängender Zunge und leuchtenden Augen. (Zeichnen, radieren, zeichnen.) Er beugt sich weit vor und schaut auf etwas hinunter. Scharfe Zähne hat er, unheimlich scharfe Zähne. Er trägt Mantel, Hosen und Stiefel.

Neben ihm steht eine Katze, auch aufrecht. Mit rosafarbenem Stirnband, rosafarbenem Kleid und Stöckelschuhen. Sie lächelt. Die Zähne nicht vergessen. Und die Schnurrhaare. Die Katze lehnt sich genauso nach vorne wie der Hund. Beide beobachten etwas.

Ihnen gegenüber steht ein Hase auf zwei Beinen. Auch er lehnt sich vor und schaut nach unten. Das eine Ohr ist abgeknickt, das andere steht gerade hoch. Vor seinem Mund eine Kaugummiblase. Sein Mantel reicht bis zu den Stiefeln hinab.

Und hier, in der Mitte, das starren sie alle an ... eine Hand, mit der Handfläche nach unten, die Finger gespreizt, an einem Finger der Ring.

Er bedeckt den ganzen Mittelfinger. Rot, rot, rot. Gelbe und blaue Blitze zucken von ihm zu den drei schnüffelnden Nasen.

Es ist ein total verrücktes Bild. Der Glanz in den Augen des Hundes ist gut gelungen, auch das Lächeln der Katze. Die Hasenohren sehen ganz echt aus, und auf die Hand bin ich richtig stolz. Ich denke, ich hebe das Bild auf. Obwohl es wirklich völlig verrückt ist. Was kann man anderes erwarten, wenn man einen Traum malt?

Mr. Flower sagt: »Fang oben an, beweg den Striegel im Kreis.«
Er beginnt bei Pearls Hals. »Nicht am Kopf, siehst du. Auch nicht an den Schienbeinen. Dafür ist der Striegel zu rauh.«
Pearl ist wieder über Kreuz angebunden, er scharrt im Schnee. Er blitzt mich böse an, und bestimmt würde er mich nur zu gern beißen!
Kater Posy sitzt auf der Fensterbank und putzt sich.
Die Ziege Rosy springt im Hof herum. Wenn ich früher vorbeiging, habe ich sie nie gesehen, weil sie immer im Schuppen blieb. Kälte und Regen mag sie nicht. Aber jetzt im Sonnenschein trippelt sie auf ihrem Steinhügel herum.
Den Steinhügel habe ich auch nie bemerkt. Mr. Flower hat ihn für Rosy gebaut, damit sie darauf herumspringen und ihre Hufe schärfen kann.
Für Rosy hat er auch den Reifen in den Apfelbaum gehängt. Jetzt tanzt sie darum herum und stößt danach.
»Du machst die Schulter«, sagt Mr. Flower und gibt mir den Striegel.
Ich bleibe außerhalb der Reichweite von Pearls Zähnen

und hole tief Luft. Den Staub, der beim Striegeln aufwirbelt, will ich lieber nicht einatmen.
Pearl schnaubt und verlagert das Gewicht. Auf einmal ist er ganz entspannt. »Schau nur«, sagt Mr. Flower. »Er mag, was du für ihn tust. Bald wird er dich auch mögen.«
Das dauert wohl noch eine Weile. Aber ich habe das Gefühl, als würde ich Pearl schon mögen. Ich werde ihm helfen, schön auszusehen und sich wohl zu fühlen. Es tut gut zu sehen, daß er mir allmählich vertraut.
Der Schnee unter uns wird ganz schön dreckig. »Deine Mom schaut ab und zu mal vorbei«, sagt Mr. Flower.
»Wirklich?«
»Sie sieht nicht wie eine Lehrerin aus.«
»Sie unterrichtet Werken.«
»Ich habe nie viel für die Schule oder für Lehrer übrig gehabt. Weißt du, es war so ...«
Pearls Ohren bewegen sich. Er denkt wohl, Mr. Flower spricht mit ihm.
»Schlau genug war ich, ich konnte lesen, schreiben und rechnen. Aber zum Schulabschluß mußte man ein Gedicht aufsagen. Auf der Abschlußfeier. Überall waren

Girlanden aus Gänseblümchen aufgehängt, und alle Leute wurden eingeladen. Damals hatte die Schule nur ein Zimmer.«

»Nur ein Zimmer?«

»Genau. Kennst du das Rathaus neben der Post?«

Ich nicke. Es ist ein Gebäude mit nur einem Raum. Jackie und ich waren dort wegen der Papiere für unser Haus.

»Das war die Schule. Klos gab es auch nicht.«

»Oje, wie ging das denn?«

»Es gab zwei Häuschen hinter den Fliederbüschen. Jedenfalls, wir mußten etwas aufsagen, vor all den Leuten. – Das hast du gut gemacht. Jetzt mache ich weiter.«

Mr. Flower striegelt Pearls rechte Seite.

Ich glaube, ich habe etwas nicht verstanden. »Was meinen Sie damit, Mr. Flower?«

»Na, wie würdest du es finden, wenn du vor so vielen Leuten ein Gedicht aufsagen müßtest?«

Ich werde rot, wenn ich bloß daran denke. »Was haben Sie aufgesagt?«

»Nichts. Ich konnte das Gedicht auswendig. Ich kann's heute noch. So fängt es an:

Wie einsam über Berg und Tal
Die Wolke in der Höhe streicht,
Ging ich – und sah mit einemmal
Ein Heer von Goldnarzissen.

Du kennst es sicher auch.«

»Es klingt schön.« Aber ich kenne es nicht.

»Es ist von Wordsworth. Englischer Dichter.« Mr. Flower hört mit dem Striegeln auf. Er sieht mich über Pearls Rücken an.

»Hättest du unter der Fahne und der Girlande stehen können, ganz allein, vor der Frau des Ministers und Tante Mildred, die sowieso denkt, daß du sie nicht alle hast, und vor Mrs. Winterfield in ihrem Seidenkleid und all den Nachbarn, vor deiner Mom, die Angst hat, daß du steckenbleibst, hättest du da ein Gedicht aufsagen können?«

Ich werde rot. »Ich weiß nicht. Was haben Sie gemacht?«

»Bin rausgegangen.«

»Davor hätte ich noch mehr Angst als vor dem Aufsagen!«

»Ich hatte auch Angst. Aber aufsagen konnte ich nicht.«
»Aber dann haben Sie Ihren Abschluß nicht geschafft.«
»Stimmt. Ich ging raus aus dieser Schule und zum Angeln. Manchmal denke ich, daß ich seit damals nur angle.«

Freitag in der großen Pause sagt Marigold: »Cliff sagt, *sie* arbeitet für Mr. Flower!«
Der Hofstaat stöhnt auf. »Mr. Flower?« »Mr. Einsiedler?« »Mr. Seltsam?« Und alle ziehen sich zurück, als würde ich stinken.
Marigold reckt ihre Nase in die Luft und sagt: »Cliff sagt, *sie* hilft ihm mit diesem dreckigen, knochigen alten Pony, das er auf der Auktion gekauft hat.« Der Hofstaat murmelt und schüttelt den Kopf.
Ich weiß nicht, wieso Marigolds Cliff alles über mich weiß, aber eigentlich ist es mir egal. Ich werde nicht zulassen, daß sie sich über Pearl lustig machen! Ich sage: »Er ist gar nicht so übel. Er braucht bloß ein bißchen Pflege und Futter.«

Marigold starrt mich an. »Wer?« fragt sie. »Wer braucht Pflege und Futter – Mr. Flower oder sein Pony?« Der Hofstaat explodiert vor Gelächter.

Jessie-Superfrau knurrt: »Wieso hat er nicht dich gefragt, Marigold? Schließlich verstehst du was von Ponys.«

Marigold dreht den Freundschaftsring an ihrem Finger. Er funkelt in der Wintersonne. »Wahrscheinlich, weil er weiß, daß ich was Besseres zu tun habe«, sagt sie.

Tunie macht Kaugummiblasen. Sie deutet mit dem Kopf in meine Richtung. »Weiß *sie* was über Pferde?«

Marigold zuckt mit den Schultern.

Ich presse die Lippen zusammen und starre Tunie an. Man kann mit denen aus Winterfield einfach über nichts reden.

»Wie auch immer«, säuselt Irene-Oberhirn, »wo warst du diesmal mit Cliff?«

Marigold erzählt eine neue Geschichte über Cliff auf der Kegelbahn. Ich tue nicht mal so, als würde ich zuhören.

Ich gehe, kicke Schneematsch weg und vermisse Maria. Ich stelle mir vor, sie würde in den ausgetretenen Stiefeln ihres Bruders neben mir herstapfen. Wenn ich mich anstrenge, kann ich Marias Wärme spüren.

»Junge, Junge!« sagt sie. »Diese Marigold hat sie nicht mehr alle! Der würde ich gern mal die Meinung sagen!«
»O Maria, ich wünschte, du würdest das tun! Ich wünschte, ich könnte dich sehen oder dir einen Brief schreiben!«
»Dann schreib!«
»Ich habe dir zu Weihnachten geschrieben. Die Karte kam zurück, du hast sie nie gekriegt.«
»O ja, stimmt. Wir sind umgezogen.«
Ich höre auf, mit Matsch herumzukicken. Ich stehe am Zaun und denke: Maria wird mir nie schreiben und mir sagen, wo sie ist. Maria schreibt keine Briefe und malt keine Bilder. Ich bin diejenige, die dauernd mit Papier beschäftigt ist.
Ich denke: Maria sehe ich wohl nie wieder.

»Janet! Du darfst die Zügel nie, niemals um dein Handgelenk schlingen!«
Ich versuche, Pearl an der Longe durch den Hof zu führen. Er hält immer mal an, um an Grasbüscheln zu

schnuppern oder den Kopf hochzuwerfen. Ich soll ihn überreden weiterzugehen, ohne daß er merkt, daß er viel stärker ist als ich.

Ich gehe links von ihm und halte die Longe mit meiner rechten Hand dicht unter seinem Kopf. Ich sollte das andere Ende der Longe mit der linken festhalten, aber es ist einfacher, wenn ich es ums Handgelenk wickele.

Mr. Flower kommt zu uns herübergehumpelt. Er erwischt uns, als wir gerade an den Himbeeren vorbeirennen, und schnappt nach der Longe. »So habe ich meine Finger verloren«, sagt er.

»Was?«

»Ich hab's dir schon mal gesagt, dieser Pearl hier ist ein starker kleiner Bursche. Wenn er losläuft, könnte er dich weiß Gott wohin mitziehen, bevor du diesen Zügel losgelassen hättest.«

»Ihre Finger?«

Mr. Flower zieht seinen linken Fäustling aus und zeigt mir seine Hand. Es ist eine harte, rauhe alte Hand, verkrüppelt wie der Apfelbaum. Der zweite und dritte Finger sind nur noch Stümpfe. Er zieht seinen Handschuh wieder an.

»Führ ihn am Zaun entlang. Weg von dir. Du mußt schieben, nicht ziehen. Oder willst du, daß er dir die Zehen zerquetscht?«
Ich streichle Pearls Nüstern und schnalze mit der Zunge, und er setzt sich in Bewegung. Mr. Flower humpelt hinter uns her. »Das war schon ganz gut«, sagt er.
»Es sieht so aus, als würde es langsam leichter.«
»Du und Pearl, ihr gewöhnt euch aneinander.«
Das stimmt. Wir sind zwar noch nicht gerade Freunde, aber Feinde sind wir auch nicht mehr. Pearl ist nicht mehr mißtrauisch, und ich habe nicht mehr soviel Angst, daß er mich beißen könnte. Ich frage mich, ob Mr. Flower beißt, wenn ich ihn jetzt was Bestimmtes frage.
»Mr. Flower«, frage ich, »was ist mit Ihren Fingern passiert?«
»Unfall.«
Daß es keine Absicht war, habe ich mir auch gedacht! Aber auch Mr. Flower und ich haben uns aneinander gewöhnt. Manchmal muß man ihm, genau wie Pearl, gut zureden.
»Ein Unfall mit einem Pferd?«

»Ochse.«
»Ein Ochse!«
»Damals hatten die Bauern meistens Pferde und Ochsen für ihre Arbeit. Keine Traktoren. Roly LeDuc hatte vielleicht ein Paar! Die brauchten kein Benzin oder Öl wie ein Traktor. Bill und Bob haben auf jedem Viehmarkt in Cummington blaue Bänder gewonnen.«
»Aber was ist mit Ihrer Hand passiert?«
»Laß mich die Geschichte in Ruhe erzählen, Janet. Ich hab also für LeDuc gearbeitet. Kennst du die LeDuc-Farm?«
Ich schüttele den Kopf.
»An der Ecke Indian Hill und Southampton Road. Jetzt sind da lauter Häuser. Damals waren da nur Wiesen, Weiden und Ahornbäume. Zwanzig Jahre hab ich da gearbeitet. Ich hab das Gemüse runter nach Northampton gebracht und bin damit von Tür zu Tür, um es zu verkaufen. Halt ihn jetzt an.«
Mr. Flower bleibt stehen. Ich ziehe leicht an Pearls Zügel, und tatsächlich, er bleibt stehen! Mr. Flower tätschelt ihm den Hals.
»Mr. Flower, Sie haben gesagt ...«

»Im Winter hab ich immer Brennholz geholt. Und wenn Sirupzeit war, hab ich Sirup gemacht. Den ganzen Tag und die ganze Nacht. Ich bin mit Bill und Bob von einem Baum zum andern gefahren, um die Gefäße mit dem Saft zu holen.«

Es macht nichts, daß ich nicht weiß, wovon er spricht. Hauptsache, die Geschichte geht weiter!

»Nun ja, man wurde ganz schön müde dabei. So müde, daß man nicht mehr wußte, was man zu tun hatte. Deswegen hatte ich die Zügel um die Finger gewickelt. Es war noch dämmrig, ich war mit dem letzten Baum fertig, und wir fuhren den Hügel hinunter zum Zuckerhaus. Mein Magen knurrte. Ich dachte an das Brot in meiner Tasche, wickelte die Zügel um meine Finger und griff nach dem Brot. Da stolperte Bill.

Er stolperte über einen Stein oder irgend etwas, das unter dem Schnee verborgen war. Er fiel hin, und Bob zog weiter. Und die Zügel haben mir die Finger abgerissen. Das ist's, was passiert ist.«

Meine Finger tun weh.

»Okay, Janet. Bring ihn rüber zum Apfelbaum.«

Ich bringe Pearl hin. Mr. Flower hält mit uns Schritt.

»Weißt du, bald ist wieder Sirupzeit. Ich fange an, wenn die Krähen rufen, vielleicht nächste Woche. Du kannst helfen.«
»Ich? Ich wüßte nicht, wie.« Ich habe immer noch keine Ahnung, worüber wir eigentlich sprechen.
»So, wie du redest, weißt du wirklich nicht viel. Komm schon! Oder willst du vielleicht, daß ich Marigold Stass frage?«
Natürlich nicht! »Ich mach's, Mr. Flower.«

Es ist Samstag morgen, und die Sonnenstrahlen fallen durchs Küchenfenster. Ich male und tue so, als würde ich nicht hören, wie Jackie im Besenschrank rumort.
Ich male einen Jungen, der auf einer Bank sitzt. Er hat eine Weidenrute als Angel. Von ihrer Spitze hängt eine Schnur hinunter ins Wasser, aber das sieht man nicht. (Wasser ist ganz schön schwer zu malen.)
Der Kopf des Jungen ist nach vorn geneigt. Neben ihm liegt ein Strohhut. Vor langer, langer Zeit haben Jungs

solche Hüte getragen. Ich kenne sie aus Büchern. Jackie kommt polternd mit zwei Eimern herein. Sie betrachtet mein Bild. Ohne etwas zu sagen, füllt sie die Eimer mit Wasser.

Über dem Jungen sieht man einen belaubten Apfelbaum. Neben ihn zeichne ich noch ... eine Katze. Sie sitzt mit dem Rücken zu mir, mit gespitzten Ohren und zuckender Schwanzspitze. Eine weiße Katze, aber ich füge ein paar Schatten ein. Auch bei dem Jungen und der Baumwurzel. So ist es gut.

Jackie zieht zwei Stühle an die Wand und setzt die gefüllten Eimer dazwischen ab. Dann geht sie zurück zum Besenschrank.

Schnell, mit der Zunge zwischen den Zähnen, male ich eine weiße Ziege. Sie knabbert an einem herabhängenden Zweig. Ich male ihr Hörner, einen langen Bart und ein prall gefülltes Euter.

Jackie sieht über meine Schulter. »Gut«, sagt sie, »altmodisch.«

»Das macht der Strohhut.«

»Stimmt. Macht mindestens fünfzig Jahre aus! Hier ist dein Schwamm, Jannie.«

Jackie nimmt den Mop. Wir klettern auf die Stühle und nehmen uns den Schmutz an der Wand vor. Es geht nicht gerade leicht.
»Warum der Strohhut?« fragt Jackie. »Und warum vor fünfzig Jahren?«
»Ich glaube, das ist ... das ist Mr. Flower.«
»Aha! Hat er dir von seiner Kindheit erzählt?«
»Ja, hat er. Wußtest du, daß er nie die Schule abgeschlossen hat?«
Ich erzähle ihr von *Wie einsam über Berg und Tal* und dem jungen Russ Flower, der angeln ging.
»Aha. Er hat also nie den Abschluß gemacht. Und deswegen hat er nie einen richtigen Beruf gelernt. Vielleicht ist er deshalb so aufbrausend.«
»Aufbrausend? Mr. Flower?« Ich bin überrascht.
»Die Kinder reden in der Schule über ihn. Sie nennen ihn den verrückten Einsiedler von Winterfield. Aber du weißt ja, wie die so sind. Wahrscheinlich ist kein Wort davon wahr.«
Wasser und Putzmittel tropfen von der Decke. Jackie sagt: »Paß auf die Tropfen auf, Jannie. Sonst müssen wir bis zum Herbstputz mit lauter Streifen an den Wänden

leben.« Jackie würde im Leben nicht Streifen an den Wänden lassen, nicht bis zum Herbstputz!
Nachdenklich fügt sie hinzu: »Du bleibst jedenfalls immer draußen, dann kannst du schnell wegrennen.«
»Wenn Mr. Flower sich in einen Werwolf verwandelt?«
»Oder in den verrückten Einsiedler von Winterfield.«

»Pearl ist jetzt soweit, du kannst ihn reiten«, sagt Mr. Flower.
Ich bleibe auf der Koppel stehen. »Ich weiß nicht, ob ich schon soweit bin!«
»Schau ihn doch an! Er ist so zahm wie Posy!«
Pearl trottet auf mich zu, um sich von mir den Hals klopfen zu lassen. Posy streicht zwischen unseren Beinen herum. Rosy kommt angesprungen und reibt ihren Kopf an Mr. Flowers Hand.
Pearl beißt nicht mehr. Jetzt sieht er beinahe schön aus. Sein Fell glänzt silbrig, und seine Mähne und sein Schweif wehen im Wind. Er knabbert an mir, als ob er mich mögen würde.

Aber ich stehe lieber mit den Beinen fest auf der Erde, als durch die Luft zu wirbeln!

»Ich glaube nicht, daß ich schon reiten möchte, Mr. Flower.«

»Drei Dollar fünfzig die Stunde, Janet.« So ist es abgemacht. Mr. Flower zahlt, ich reite.

Am Apfelbaum hängt ein altes Zaumzeug. Mr. Flower gibt es mir. »Das habe ich noch von meinem Vater. Siehst du, es ist gut eingefettet und ganz weich. Zieh die Handschuhe aus und wärm die Trense an. Pearl will bestimmt keinen kalten Stahl im Maul haben.«

Ich halte die kalte Trense fest. »Wie lange ist es eigentlich her, daß ihn jemand geritten hat?« Vielleicht hat Pearl vergessen, was er tun soll?

»Wir wissen nicht, ob er überhaupt je geritten wurde.«

Heiliger Bimbam!

»Wahrscheinlich schon, aber nicht sehr lange. Vielleicht haben nur Kleinkinder auf ihm gesessen. Nicht viele Ponys werden so zugeritten wie Pearl jetzt.«

O Gott. Für drei Dollar fünfzig habe ich dazu ja gesagt?

»Wo ist der Sattel?«

»Wozu willst du einen Sattel? Ohne Sattel fällst du nicht

so tief.« Schöner Gedanke! Mr. Flower guckt gedankenverloren, fast verträumt. »Ich wette, Stephen kauft Arthur einen Sattel. Einen Westernsattel und eine bestickte Satteldecke.«

Vielleicht kann ich den Moment noch etwas hinauszögern! »Mr. Flower«, frage ich, »wo wohnt Arthur?«

»In Castlebridge, in der Nähe von Boston. Schöne Stadt. Viel Grün – Wiesen, Bäume und Felder. Arthur wird es genießen, über die Felder zu reiten! He, was stehen wir hier eigentlich und schwätzen? Wir haben schließlich was zu tun!«

Er greift nach Pearls Maul und schiebt ihm seinen behandschuhten Daumen zwischen die Kiefer. Das Gebiß öffnet sich, und schon ist die Trense drin. Pearl kaut darauf herum, während Mr. Flower den Kinnriemen festmacht. »Den Trick zeige ich dir später. Bei Pearl brauchst du ihn aber nicht, er ist schon früher aufgezäumt worden. Okay, Janet, rauf mit dir.«

Mr. Flower faßt mich um die Taille. Ich bin ziemlich groß, aber er schwingt mich wie einen Mehlsack hinauf. Und da sitze ich, auf Pearl.

»Nimm die Zügel.«

»Ich kann nicht.«

»Laß die Mähne los und nimm die Zügel. Handflächen nach unten. Fester Griff, genau. Ich wußte nicht, daß ich euch beide trainieren muß!«

»Sie haben gesagt, Sie würden's tun. Sie haben gesagt, Sie würden mir alles über Pferde beibringen.«

»Stimmt, das hab ich gesagt. Knie nach innen drücken. Du bist fast schon zu groß für ihn. So, jetzt werde ich ihn herumführen.«

Uff. Pearls Kopf bewegt sich. Sein Rumpf bewegt sich anders. Ich schwanke dazwischen. Gut, daß der Boden nicht so weit weg ist! Wenn ich die Knie locker ließe, könnte ich mit dem ausgestreckten Fuß den Schnee berühren.

»Hier drehen wir um, Janet.«

Geschafft.

Wir gehen durch den ganzen Hof, vorbei an den eingezäunten Himbeeren, den Gartenbeeten, dem Schuppen, dem Haus, immer am Zaun entlang. Dann drehen wir um in die entgegengesetzte Richtung. Rosy springt um uns herum, sie guckt neugierig zu, was wir machen. Posy beobachtet uns vom Schuppendach aus, seine Schwanzspitze zuckt. Ich gewöhne mich allmählich daran, mich ganz anders zu bewegen, wie beim Tanz. So geht es schon besser.

Mr. Flower läßt Pearl los.

Pearl zögert.

Sanft klopft Mr. Flower auf Pearls Hinterteil und schnalzt mit der Zunge. Pearl und ich gehen weiter.

Wir gehen am Apfelbaum vorbei, hinüber zu dem Wäldchen. Wie kriege ich Pearl dazu, sich zu drehen? Am Zügel ziehen. Sanft und vorsichtig ziehe ich am linken Zügel und lasse den rechten etwas lockerer.

Tatsächlich, Pearl wendet! Wir gehen um den Baum und zurück zur Hungry Hollow Road. Ich würde meine Freude am liebsten laut hinausschreien, aber dann würde Pearl sich erschrecken.

Wir trotten die Straße entlang. Mr. Flower lehnt am Zaun und grinst. Auf der Straße stehen Marigold Stass und ihr kleiner Bruder Frankie mit ihrem riesigen schwarzen Hund.

Marigold und Frankie halten nach leeren Flaschen Ausschau, die sie in den Laden mitnehmen können. Marigold hat eine neue braune Umhängetasche, und um den Hals hängt ihre Kamera. Frankie trägt eine mit leeren Flaschen gefüllte Plastiktüte. Sie starren Pearl und mich an, als hätten sie noch nie im Leben jemanden auf einem Pferd gesehen.

Ich platze fast vor Stolz. Schaut her, möchte ich rufen, schaut mich an! Schaut her, was ich mache!

Ich fühle mich, als ob Pearl ein tänzelnder Lipizzaner wäre, mit einem Stockmaß von mindestens 160 cm, und ich Reithosen und glänzende Stiefel trüge. Was für ein Glück, daß Marigold gerade in diesem Moment gekommen ist!

Ich würde ihr gern freundlich und lässig zuwinken, aber ich halte die Zügel zu fest. Pearl und ich trotten schweigend vorbei.

Frankie zeigt auf uns. Er sagt etwas.

Marigold macht den Mund auf. Sie will hallo sagen! Sie wirft den Kopf zurück. Sie bewundert mich!

Aber Marigold bricht in wieherndes Gelächter aus. Sie ist nicht beeindruckt oder erstaunt, Pearl und ich sind nicht beeindruckend. Wir sind ein schäbiges kleines Pony und ein großes Mädchen, dessen Füße fast auf dem Boden schleifen.

Marigold lacht kreischend. Sie kriegt kaum noch Luft, schlägt sich auf die Schenkel und hält sich die Seiten. Jetzt fängt auch Frankie an zu lachen. Die beiden hören sich an wie hicksende Sirenen. Der Hund sitzt da und jault.

Pearl macht sich steif. Seine Muskeln explodieren, er bäumt sich auf und wirft sich zur Seite. Er wirbelt herum, seine Mähne peitscht in mein Gesicht. Er steigt. Mit Knien und Füßen halte ich mich fest, die Hände in die Mähne gekrallt.

Verdammt, Ruhe jetzt! Seht ihr nicht, daß ihr Pearl erschreckt!

Aber das Kreischen und Quieken hört nicht auf.

Da geht Pearl durch. Ich mache die Augen zu. – Wir galoppieren, springen über etwas. Ist das der alte Pearl, der den Schnee nur so wegstieben läßt, buckelt und schnaubt? Ich halte mich fest. *Solange Marigold Stass zusieht, werde ich nicht runterfallen!*

Uff, jetzt wird er langsamer.

Ich höre, wie Mr. Flower sanft »Brrr!« sagt.
Wir fallen in Schritt, halten schließlich an.
Erst als Pearl von starken Händen gehalten wird, mache ich die Augen wieder auf. Mr. Flower hält ihn am Zaumzeug. Pearl zittert und keucht. Ich will runter und endlich wieder festen Boden unter den Füßen spüren. Aber ich bleibe oben.
»Du hast es im Griff«, sagt Mr. Flower schmunzelnd und tätschelt Pearls Hals. »Du sitzt einfach fest. Was hast du mit den Zügeln gemacht?«
Ich zeige es ihm. Die Zügel hängen herunter.
»Laß die Zügel niemals los, Janet. Pearl könnte sich darin verfangen und sich den Hals brechen.«
Der schwarze Hund hört endlich auf zu jaulen. Verstohlen schaue ich zu Marigold. Ich glaube, sie hat mich fotografiert. Sie und Frankie laufen weiter, immer noch lachend, der Hund hinterher.
Frankie springt zur Seite und schwingt seine Plastiktüte. Wie Pearl wirbelt er herum und galoppiert davon. Der Hund rennt hinterher und bellt. Das Geklapper der Flaschen in der Tüte hört sich wie Gelächter an.

»Jackie«, sage ich, »ich will nicht mehr in die Schule gehen.«

Jackie nickt. »Weil Königin Marigold ihrem Hofstaat von dir und Pearl erzählen wird.«

Wir reißen die alten Tapeten in meinem Zimmer ab. Irgendwie mag ich diese alten Tapeten mit den großen rosa Rosen und den blauen Schleifen, aber es sind braune Flecken drauf, und sie lösen sich schon ab, und Jackie sagt, durch die vielen Flecken wirkt mein Zimmer noch kleiner. Ich betupfe die Tapete mit Essigwasser, und Jackie reißt sie ab. Manchmal lösen sich ganze Bahnen, aber manchmal ist es auch ganz schön mühsam.

»Was soll sie eigentlich erzählen, Jannie? Du hast Pearl das erste Mal geritten. Du bist nicht runtergefallen, noch nicht mal, als Marigold und Frankie Pearl erschreckt haben. Was also soll sie ihrem Hofstaat erzählen?«

»Sie wird es lächerlich machen«, sage ich düster. »Alle werden sich vor Lachen im Schnee kugeln. Weißt du, ich bin wirklich zu groß für Pearl. Wenn nicht ich drauf gesessen hätte, hätte ich womöglich auch gelacht.«

»Vielleicht solltest du ein bißchen darüber lachen.«
»Lachen?«
»Genau, lachen. Lach mit. Das würde Marigold den Wind aus den Segeln nehmen.«
Ich reibe eine rosa Rose mit Essig ein und denke darüber nach. Es könnte klappen. Aber der Gedanke an all diese Gesichter... »Sie werden *über* mich lachen, Jackie. Nicht *mit* mir.«
»Dreh den Spieß einfach um.«
»Wenn Jessie-Superfrau und Irene-Oberhirn und Tunie-Fettkloß mich lassen.«
»Ich hoffe nur, daß du sie nicht so nennst, wenn jemand zuhört!«
»Ich sage gar nichts. Niemand redet mit mir.«
»Aha.«
Jackie zieht einen langen Streifen Tapete ab. Sie ist ein bißchen außer Atem. »Du willst doch nicht, daß das eine Gewohnheit wird, daß du immer Außenseiterin bleibst. So ist es Mr. Flower gegangen.«
Sie nimmt sich den nächsten Streifen vor. »Die Leute haben Mr. Flower vor sehr, sehr langer Zeit ausgeschlossen, vielleicht an dem Tag, an dem er die Schule

verließ und zum Angeln ging. Jetzt wissen sie wahrscheinlich gar nicht mehr, warum sie ihn ausgeschlossen haben – es ist zur Gewohnheit geworden. Hinter seinem Rücken erzählen sie Geschichten über ihn, aber sie reden nicht mit ihm. Ich habe gehört, daß er mit den Stass nicht mehr gesprochen hat, seit diese Sache mit seiner Ziege und ihren Tulpen passiert ist.«
»Das könnte stimmen.«
»Klar. Es stimmt aber auch, daß die Stass mit ihm nicht mehr gesprochen haben.«
Jackie zieht an der Tapete und schnauft. Sie schwitzt.
»Was ich meine, ist, daß alle daran gewöhnt sind, daß Mr. Flower ein Außenseiter ist. Und das soll dir nicht passieren.«
Die Sache ist bloß die, daß es längst passiert ist.

Montag in der großen Pause ist es genauso gräßlich, wie ich befürchtet habe.
»Nein!« schreit Marigold. »Neeeiin!«
Ich mache den Mund auf, aber ich kann nichts sagen.

»Und dann sah es uns. Und als es uns sah, das muß ich euch erzählen!«

Der um sie versammelte Hofstaat hält den Atem an. Alle schauen Marigold an, mit gespitzten Ohren.

»Es ging auf uns los!« kreischte Marigold. »Mit gebleckten Zähnen und fliegenden Hufen. Wenn Thunder nicht dagewesen wäre, ich weiß nicht, was ...«

Ich sage scharf: »Marigold, du weißt genau, daß das nicht stimmt.«

Marigold wirbelt herum. »Da ist *sie*, und nichts gebrochen! Du bist ein Glückskind, Janet.«

Marigold hält Cliffs Freundschaftsring zwischen Daumen und Zeigefinger. Sie hat ihn gerade wieder einmal herumgezeigt. Er leuchtet genauso wie ihre Augen und die Gesichter ihres Hofstaats.

Jessie-Superfrau brummt: »Was ist denn wirklich passiert, Janet?«

Bevor ich antworten kann, gibt Marigold zu: »Na gut, ich hab ein bißchen übertrieben. Es ging nicht auf uns los. Es war auf der Koppel. Aber es raste los wie ...«

Während Marigold wild gestikulierend erzählt, gibt sie Tunie ganz in Gedanken den Ring.

»Es raste los wie von einer Tarantel gestochen, wieherte, stieg, trat um sich, buckelte ...«
Marigold macht es vor, und der Hofstaat lacht. Ich werde rot. »Und Frankie und ich, wir haben mit offenem Mund dagestanden. So was haben wir überhaupt noch nie gesehen. Und Thunder saß da und jaulte.«
Ich schreie: »Du hast Pearl absichtlich erschreckt!« Aber keiner hört zu.
»Und *sie*« – Marigolds Finger zeigt auf mich –, »sie saß wie festgeklebt auf diesem wild gewordenen Pony. Sie hätte einfach aufstehen können, sie ist so viel größer« – Gelächter –, »aber sie blieb drauf, wie beim Rodeo. Und sie rasten herum und herum und herum ...«
Marigold rennt über den Hof.
Die ganze Schule sieht bei dieser Vorführung zu. Die kleinen Kinder machen ihr alles nach. Alle sind völlig aus dem Häuschen, wiehern und lachen. Tunie-Fettkloß lacht so sehr, daß sie ihren Kaugummi verschluckt.
Sie kämpft mit ihrem Kaugummi und läßt dabei Marigolds Ring auf die Treppenstufen fallen.
Eben funkelt und glitzert der Ring noch auf der Treppe, dann ist er verschwunden.

Keiner bemerkt es, weil alle so laut lachen.
Die Schulglocke läutet. Keuchend und lachend torkelt Marigold zu Tunie und hält die Hand auf.
Tunie schaut sie an und fragt: »Was ist, Marigold?«
»Mein Ring«, sagt Marigold und hört auf zu lachen.
»Oh ... ich habe deinen Ring nicht gesehen.«
»Ich hab ihn dir doch gegeben«, sagt Marigold leise. Der Hofstaat verstummt.
»Oh, ja, also ...« Tunie zieht ihre Handschuhe aus und zeigt ihre unberingten Finger. Sie zieht sogar den Mantel aus und dreht die Taschen um. »Ich habe ihn nicht. Er ist nicht hier.«
Marigold wird kreidebleich. Der Hofstaat hält den Atem an. Marigold murmelt: »Du hast meinen Ring verloren?«
Tunie schluckt.
Die Glocke läutet wieder.
Marigold flüstert: »Wir sprechen uns nach der Schule, Tunie.«
Sie drängt sich zwischen Tunie und mir die Stufen hinauf. Der Hofstaat und die kleinen Kinder drängeln sich auch die Treppe hoch.

Tunie beißt sich auf die Lippen. Sie durchsucht noch mal ihre Taschen. Sie wimmert verzweifelt und fängt an zu weinen. Dann läuft sie den anderen hinterher.
Keiner achtet auf mich. In meiner Tasche drücke ich den harten Ring mit den scharfen Kanten. Ich gehe die Treppe hoch.
Der Ring ist nicht wertvoll. Es ist nicht gerade so, als hätte ich die Kronjuwelen gestohlen. Der Ring kommt aus einem Kaugummiautomaten. Das ist nicht wirklich Diebstahl. Aber damit kann ich dieser fiesen Marigold eins auswischen.

Als ich Montag nachmittag durch das Tor gehe, ist Mr. Flower dabei, Rosy zu melken. Sie steht auf einem alten Tisch und knabbert an einem Büschel Heu. Mr. Flower sitzt auf dem Tisch.
Pearl schaut aus dem Schuppenfenster. Er würde nur zu gern etwas von Rosys Futter abhaben! Zu Mr. Flowers Füßen sitzt Posy und leckt sich die Pfoten.
»Ist die Milch für Posy?« frage ich.

»Für Posy und mich.«
»*Sie* trinken Ziegenmilch, Mr. Flower?«
»Na klar. Du trinkst Kuhmilch.«
»Das ist was anderes.«
»Nicht beim Melken, da gibt's keinen Unterschied.«
Ehrlich gesagt, habe ich noch nie jemanden melken gesehen. Ich weiß, daß Milch was mit Kühen zu tun hat, genauso wie ich weiß, daß die Erde sich um die Sonne dreht – das steht in meinen Büchern.
Ich komme näher. Rosy riecht nach süßem Heu. Während ich sie streichle, schaue ich zu, wie die Milch in die Schüssel schäumt.
»Ziegen stinken doch«, sage ich.
»Nein, die riechen süß wie Klee. Nur die Böcke stinken. Willst du mal melken, Janet?«
»Nein.« Ich weiche zurück.
»Marigold Stass kann melken.«
»Bestimmt.«
»O ja! Dieses Kind kann Reifen wechseln, gerade Nähte nähen und Kühe melken. Aber ich wette, eine Ziege hat sie noch nie gemolken.«
Mr. Flower zeigt mir, wie es geht. »Du schließt die

Faust, so daß die Milch oben im Euter bleibt. Dann drückst du das Euter ein bißchen, ungefähr so, wie ein Junges es tun würde.«

»Ein Zicklein?«

»Genau.«

»Hat Rosy ein Junges?«

»Die meisten Ziegen haben jedes Jahr eins, sonst geben sie keine Milch mehr. Aber Rosy gibt immer Milch. Schau her.«

Man preßt die Finger nach unten, einen nach dem anderen. Mr. Flower kann das mit beiden Händen, sogar mit seinen Fingerstümpfen. »Übung macht den Meister, Janet. Hier, versuch's mal, bevor Rosy ihr Futter aufgefressen hat.«

Ich sitze auf dem Tisch, die Nase in Rosys Seite vergraben. Ich will ihre Zitzen eigentlich gar nicht anfassen, aber dann tue ich's doch. Sie sind warm und prallvoll. Ich kann die Milch darin fühlen wie Luft in Ballons. Sie passen gerade in meine Hand.

»Zieh sie vorsichtig runter. Du mußt keine Angst haben. Lehn dich ruhig an sie.«

Drücken, runterziehen. Drücken, runterziehen. Schäu-

mende Milch füllt die Schüssel. Rosy ist fertig mit ihrem Futter, sie starrt mich an und hebt ein Hinterbein über die Schüssel.
Mr. Flower greift nach der Schüssel. »Das Futter ist weg. Ich mach jetzt weiter. Fürs erstemal hast du das wirklich gut gemacht, Janet.«
Ich habe es so gern gemacht! Jetzt stehe ich enttäuscht neben Mr. Flower und Posy und schaue zu.
Mr. Flower sagt: »Connie hat ihre Ziegen immer geliebt.«
»Connie?«
»Connie Fisk. Sie war von Indian Hill. Wir waren zusammen in der Schule. Dort konnten wir uns aber nicht besonders gut leiden. Sie hatte nichts für meine Schlangen und meinen Kautabak übrig. Rosy, warte noch einen Moment ...«
Rosy stampft ungeduldig mit den Hufen. Im Schuppen schüttelt Pearl seine schneeweiße Mähne und schnaubt.
»Nach der Schule arbeitete ich bei LeDuc, und Connie machte Damenhüte in Cummington. Sie hatte geschickte Hände. Noch einen Moment, Rosy. Und wir vergaßen einander. Geschafft.«

Mr. Flower nimmt die volle Schüssel. Rosy springt vom Tisch hinunter und reibt ihren Kopf an seinen Beinen. Er krault sie hinter den Ohren.
»Aber jeden Samstag war sie beim Tanz unten in der Stadthalle. Ich ging gern dorthin, ich hab so gern getanzt. Ich ging immer über die LeDuc-Farm, dann über die von Bennett und die Hauptstraße runter, bei Wind und Wetter. Und dann hab ich mit Connie getanzt. Warte, ich stell nur die Milch weg.«
Mr. Flower geht ins Haus. Rosy folgt ihm mit hocherhobenem Schwanz. Im Schuppen versucht Pearl, an Rosys leeren Futternapf zu gelangen.
Ich nehme ihn und halte ihn hoch, so daß Pearl daran riechen kann. Mehr als den Duft von Zuckerrübensirup hat Rosy nicht übriggelassen.
Mr. Flower kommt zurück. »Ich habe dir schon gesagt, Janet, an dem Tag, an dem Pearl seine Sache gut macht, bekommt er Futter von mir.«
»Ich weiß. Er riecht nur daran.«
»Wenn er richtig gefressen hätte, könntest du ihn nicht halten. Er würde über Stock und Stein rasen. Ponys können ziemlich verrückt werden.«

»Sie haben vom Tanzen erzählt, Mr. Flower.«
Mr. Flower streichelt Pearls Stirn und erzählt weiter.
»Nach einiger Zeit brachte ich Connie vom Tanzen nach Hause. Indian Hill lag nicht gerade auf meinem Weg, aber Connie hatte sich seit der Schulzeit so verändert! Sie hatte ihr Haar zu einem Knoten hochgesteckt, sie war voller geworden. Und sie hörte mir zu. Mit Connie konnte ich reden.
Eines Abends im Winter, die Sterne leuchteten, und der Schnee war richtig verharscht, habe ich sie dann gefragt. Ich wollte eigentlich gar nicht, aber es passierte einfach.«
Eine richtige altmodische Liebesgeschichte! »Connie war Ihre Frau!«
»Vierzig Jahre. Und wir hatten immer Ziegen. Und wir hatten Stephen.«
»Hier? Haben sie hier vierzig Jahre gelebt?« Mit den Ziegen und Stephen.
»Ach du meine Güte, nein! Wir haben in verschiedenen Teilen der Stadt gelebt. Erst bei Connies Familie auf Indian Hill, dann bei meiner in Bug Hollow. Ich hatte eine Farm bei Sugar Hill, sie ist abgebrannt. Und dann

hab ich bei meiner Großmutter Cook in eurem Haus gewohnt.«
»In unserem Haus!«
»Ja, das war die alte Cook-Farm. Dort bin ich geboren.«
Jetzt bin ich wirklich überrascht. Mein Mund steht weit offen, als er mehr über unser Haus und seine Bewohner und über die alten Zeiten erzählt.

Mittwoch in der großen Pause erzählt Königin Marigold ihrem Hofstaat: »Ich hab für Cliff eine Geburtstagstorte gebacken.«
Der Hofstaat ist kleiner geworden. Ungefähr die Hälfte der Mädchen aus der Achten steht bei Tunie drüben am Tor. Jetzt, wo sie nicht mehr Marigold zuhören muß, ist Tunie selbst zur Geschichtenerzählerin geworden. Ich würde ihr gern zuhören, aber Marigold zeigt Fotos herum. Ich linse über Irene-Oberhirns Schulter, um etwas zu sehen.
Marigold sagt: »Es war Cliffs neunzehnter Geburtstag.«

Neunzehn! Himmel, was findet jemand, der schon neunzehn ist, bloß an Marigold?

Sie sagt: »Das ist die Torte. Schokolade. Mit *Herzlichen Glückwunsch Cliff* in Zuckerguß obendrauf.«

Ich habe einmal einen Kuchen gebacken, so einen aus einer Fertigmischung. Aber das ist natürlich nicht so ein Kuchen. Das ist eine Marigold-Stass-Torte, ganz und gar selbstgemacht.

»Was hast du ihm geschenkt?« fragt Irene-Oberhirn.

»Das.« Auf dem Bild sieht man Sophie Stass. In der Hand hält sie eine blaue Krawatte, die mit lauter roten Herzen bemalt ist. »Ich hab die Herzen gemalt. Ohne Schablone.«

Der Hofstaat seufzt bewundernd.

»Cliff sagte, daß sie genau zu unserem Freundschaftsring paßt. Natürlich hatte ich ihn nicht an, weil Tunie ihn ja geklaut hat.«

Wir stampfen mit den Füßen und reiben unsere kalten Hände. Besonders ich, weil Marigolds dämlicher Ring schwer in meiner Tasche liegt.

Ich will das Ding loswerden! Warum hab ich ihn bloß genommen? Wie konnte ich so einen Blödsinn machen?

Wie werde ich ihn wieder los? Ich habe schon daran gedacht, ihn einfach in den Schnee fallen zu lassen oder ihn irgendwo liegenzulassen – aber überall sind zu viele Augen.

Ich wünschte, ich könnte Maria schreiben! Maria ist klug. Sie wüßte bestimmt, wie man dieses verdammte Ding los wird.

Ich muß allein damit fertig werden, wie immer.

Wir hören Tunie drüben am Zaun rufen: »Also, sie nahm diese Diätpillen, und sie wurde auch wirklich dünner. In den Pillen waren nämlich Bandwürmer, versteht ihr?«

Einige Mädchen wenden sich interessiert um. Marigold ruft schnell: »Hier, das ist Cliff! Das hier ist Cliff!«

Aha! Endlich also kriegen wir den geheimnisvollen Cliff zu sehen!

Jessie-Superfrau schnappt sich das Bild als erste. Sie ist gespannt, neugierig. Dann wird ihr Gesicht länger. Sie guckt verdutzt, zuckt mit den Schultern und gibt das Bild Irene-Oberhirn. Ich schaue über Irenes Schulter.

»Wahnsinn!« säuselt Irene-Oberhirn. »Er sieht toll aus ...«

Auf dem Bild sieht man Frankie Stass, der zu einer Arbeitsschürze und einer Hand hinauflächelt, von der die bemalte Krawatte herunterbaumelt. Wir sehen Cliffs Hemd – von hinten, und dann auch nur vom Hals bis zum Po. Frankie sieht toll aus, aber Cliffs Hemd ist nicht gerade aufregend.

Jessie grummelt: »Könnte genausogut dein Bruder Andie sein, find ich.«

Marigold nimmt das Bild wieder an sich. »Das ist ein Schnappschuß, nicht gestellt oder so. Und hier, das sind wir alle, die ganze Geburtstagsparty.«

Und da sind sie alle, Marigold und ihre ganze Familie, und alle starren gierig auf die Schokoladentorte, über ihnen hängen Luftschlangen. Aber kein Cliff.

»Das ist der beste Kuchen, den ich je gemacht habe«, verkündet Marigold. »Das Baby fand das auch.« Sie zeigt ein Bild von Baby Stass, das über und über mit Schokolade beschmiert ist. »Bäh«, sagt Irene. »Igitt!« Ein Punkt für sie.

Als ich mich umdrehe, bemerke ich, daß einige Mädchen zu Tunie gegangen sind, um ihrer Bandwurm-Geschichte zuzuhören.

Ich habe noch nie eine Torte gebacken oder eine Krawatte bemalt. Aber ich kann was, was Königin Marigold nicht kann.
Tief in meiner Tasche umklammern meine Finger Marigolds Ring. Ich schlendere zu Tunie hinüber und lächele. Was würde der Hofstaat wohl machen, wenn ich ganz laut sagen würde: »Marigold Stass, ich kann eine Ziege melken. Kannst du das auch?«
Ich melke Rosy oft, genieße ihren süßen Heuduft, presse ihre warmen Zitzen, bis die Milch in die Schüssel schäumt. Jetzt hebt sie den Huf nicht mehr, nicht mal, wenn das Heu alle ist. Und hinterher knabbert sie an mir. Was würde der Hofstaat sagen, wenn ich damit prahlen würde, daß Rosy mich mag?
Bäh! würden sie sagen. Igitt! Mit gerümpften Nasen.

Die kahlen, abgewaschenen Wände in meinem Zimmer sehen im Lampenlicht ungemütlich aus. Ich stelle mir vor, wie sie wohl aussehen, wenn die Narzissentapete erst dran ist. Jackie hat eine weiße Tapete gekauft, die mit Narzissen und Veilchen bedruckt ist. Das wird schön.

Ich sitze im Bett und lausche dem Wind. Ich denke an Mr. Flower, der in diesem Zimmer geboren wurde. Das Bett muß genau hier gestanden haben – es gibt sonst nirgends Platz dafür. Vielleicht sind hier auch noch andere Leute auf die Welt gekommen. Ich nehme meinen Zeichenblock und den Stift.

Ich kritzele eine Narzisse, trabende Hufe. Ein Pony trabt vorbei, es wirft die Hufe hoch. Es ist ein Zirkuspony, deshalb male ich einen Kranz um seinen Hals und ein paar Blumen in die Mähne und in den Schweif. Narzissen ... Veilchen. Das ist Pearl.

Und das bin ich, ich stehe auf Zehenspitzen auf seinem Rücken. Keine Jeans! Mein Rock bauscht sich, mein langes Haar glänzt. In meinen Händen halte ich ... keinen Schwamm, keinen Mop, keinen Striegel. Narzissen. Pearl ist schneeweiß. Ich male dunkle Schatten um ihn rum, so wirkt er noch weißer.

Jetzt mein Kleid. Grün mit Zuckerguß. Auf dem Bild bin ich ziemlich dünn, und meine Haare sind blond.

Toll! Da stehe ich auf Zehenspitzen auf Pearls Rücken,

mit Blumen in den Händen. Von einer Hand zucken blaue und rote Blitze in die Dunkelheit. Ich bin als Königin Marigold Stass verkleidet, sogar der Freundschaftsring fehlt nicht!

Ich lasse das Bild fallen. Ich schaue mich vorsichtig in meinem leeren Zimmer um, dann hole ich den Ring unter dem Kissen hervor. Wenn ich ihn ins Licht halte, glitzert und funkelt er.

Mit wem soll ich reden? Jackie würde das nie verstehen. Ich sehe schon, wie ihr Blick hart wird. »Du hast einen Ring gestohlen? Den gibst du sofort zurück!«

Maria würde es verstehen. Ich stelle mir vor, daß sie neben mir auf dem Bett sitzt. (Phantasiegestalten brauchen nicht viel Platz.) Ich frage sie: »Maria, was soll ich tun?«

Sie lacht. »Warum so ein Aufhebens machen? Denk bloß mal daran, wie dieses Mädchen dich behandelt. Sie hat es einfach verdient, den Ring zu verlieren!«

»Du hast recht, Maria.« (Ich nicke heftig, umfasse meine Knie mit beiden Armen und presse sie an meinen Körper. Ich glaube fest daran, daß Marigold es nicht besser verdient hat.)

Maria kommt jetzt richtig in Fahrt. Ihre dunklen Augen blitzen, und ihr Haar knistert. Sie grummelt: »Dieses Mädchen weiß nicht, daß du in derselben Welt lebst wie sie! Sie weiß nicht, daß du Janet Stone heißt! Wird Zeit, daß sie's merkt, wirklich!«

»Wart mal, Maria ...«

»Wenn ich du wäre, würde ich's ihr heimzahlen!«

»Maria, hör mir zu.«

Die wirkliche Maria, zu Hause in Holyoke oder wo auch immer sie ist, würde nicht zuhören. Sie würde immer weiterreden und immer wütender werden. Wenn Maria erst mal losgelegt hat, ist sie nicht zu bremsen.

Ich nehme den Zeichenblock und schlage die Seite um. Ich male ein Mädchen mit einem Pferdeschwanz, wie ich. Sie hat Jeans und ein ... ein gelbes T-Shirt an.

Es ist Frühling. Sie geht neben ihrer Freundin, dicht neben ihr, die beiden gehen Hand in Hand.

Ich male Arm und Hand der Freundin, dann warte ich. Ich weiß nicht recht, was ich da tue.

Die Freundin müßte schwarze Haare und schwarze Augen haben. Wie Maria. Sie müßte dicker als ich sein. Sie müßte Maria sein.

Jetzt malt meine Hand ganz von alleine: eine schlanke Figur mit langen blonden Locken. Ein paar leichte Striche lassen die Locken schwingen. Über der Schulter trägt das Mädchen eine braune Tasche. Sie hat eine weiße Bluse an und einen mit Volants besetzten, gelben Rock. Die beiden Freundinnen lächeln sich an.

Es ist Frühling, also male ich lauter Narzissen. In dem Gedicht, das Mr. Flower nicht aufsagen wollte, sieht der Dichter, Wordsworth, ein Heer von Goldnarzissen. Und nachher braucht er bloß die Augen zu schließen, um die Narzissen wieder vor sich zu sehen. Das ist genau das, was ich tue. So sind meine Bilder. Ich erinnere mich an Dinge, die ich gesehen habe, und denke immer wieder daran, auf dem Papier.

Ich habe Narzissen gesehen und auch das zarte grüne Gras, das ich gerade male. Ich habe Freundinnen gesehen, die Hand in Hand gehen und sich anlächeln. Aber diese beiden Mädchen habe ich nicht gesehen. Oder vielleicht doch?

Erst als ich die beiden genau betrachte, sehe ich, was ich getan habe. Ich habe *mich* und die hochnäsige Marigold Stass als Freundinnen gemalt!

Ich reiße die Seite heraus und knülle sie zusammen. Am liebsten würde ich sie in hundert kleine Stücke zerreißen. Doch dann halte ich inne. Mit all den schönen Narzissen und den tanzenden Locken ist die Zeichnung zu schade zum Wegwerfen. Vielleicht kann ich später Teile daraus für ein anderes Bild verwenden.

Ich streiche das Papier wieder glatt und klebe es hinten in den Zeichenblock hinein, dort, wo ich es nicht ansehen muß.

Noch immer weiß ich nicht, was ich mit dem Ring machen soll.

Als die Krähen in den Wäldern rufen, leuchten Mr. Flowers Augen. Er ruft: »Komm mit, Janet! Es ist Sirupzeit!«

Er trägt einen Stapel Schüsseln. Ich trage einen Sack voller klappernder Sachen. Pearl und Rosy sehen uns nach, als wir in den Wald gehen. Posy drückt sich unter dem Zaun durch und folgt uns.

Hier ist der Schnee immer noch tief. Bei dem ersten alten

Zuckerahorn halten wir an, und Mr. Flower setzt die Schüsseln ab.

»Du gibst mir die Werkzeuge«, sagt er, »und ich mach das. Zuerst den Bohrer.«

»Bohrer?« Ich sehe in meinem Sack nach. Da ist ein Bündel kleiner, silbrig schimmernder Zapfhähne, ein Hammer und eine Art Schraubenzieher mit Drehgriff. Den gebe ich Mr. Flower.

Mr. Flower setzt ihn an der rauhen Rinde an und dreht den Griff. Die Spitze verschwindet im Stamm. Eine klare Flüssigkeit kommt da raus, wo die Spitze verschwunden ist, und rinnt herunter.

»Genau die richtige Zeit«, sagt er glücklich. »Die Krähen sind immer ein gutes Zeichen.«

»Mr. Flower, was ist das für ein Zeug?«

»Das Zeug ist Ahornsaft, Janet. Daraus macht man Zucker und Sirup für Pfannkuchen. Gib mir einen von den Zapfhähnen und den Hammer.«

Posy reckt sich, um den Saft abzulecken. Ich gebe Mr. Flower die Werkzeuge und schlecke einen Tropfen Saft von meinem Finger ab. Es schmeckt ein bißchen süß.

Mr. Flower setzt den Zapfhahn an dem Loch an und

hämmert ihn in den Stamm. Er hängt eine Schüssel daran und deckt sie ab. Der Saft tropft mit einem zarten Ping, Ping in die Schüssel.

»Das war's. Komm weiter!« Glücklich stapft Mr. Flower zum nächsten Baum. »Heute nacht gibt es Frost. Genau, wie es sein sollte. Warmer Tag, kalte Nacht. Der Saft wird in Strömen fließen!«

»Tut es dem Baum nicht weh?«

»Nein, kein bißchen. Wir hängen ja auch immer nur eine Schüssel an einen Baum. Damit wird der Baum fertig.«

»Was ist, wenn die Schüssel voll ist?«

»Dann kochen wir den Saft.«

»Wo denn?«

»Die Leute, die viele Bäume anzapfen, haben ein Zukkerhaus zum Einkochen. Das Haus, in dem ich wohne, war Großmutter Cooks altes Zuckerhaus. Dort koche ich den Sirup ein. Schnell, Janet, den Zapfhahn!«

Im Wald riecht es gut. Die Krähen rufen und flattern umher. Ein Eichhörnchen hüpft über den Schnee. Posy schaut ihm nach, folgt ihm aber nicht. Posy ist schon alt – er hat bestimmt genug Eichhörnchen gejagt. Wir gehen zum nächsten Baum, ich trete in Mr. Flowers Fußstapfen.

»Paß auf, Janet, du mußt so aufmerksam sein wie Marigold Stass. Du willst doch nicht, daß ich sie frage ...«

»Nein, das würden Sie nicht tun, Mr. Flower.« Da bin ich mir ziemlich sicher.

»Ach?«

»Sie würden Marigold Stass nicht fragen.«

»Hm. Tja, ich glaube, da hast du recht. Diese Kleine ist zu schlau für mich.« Er arbeitet an dem Baum. »Hier hat mir mein Großvater Cook gezeigt, wie man den Zuckerahorn anzapft.«

»Genau hier?«

»Hier, an diesen Bäumen. Großvater hat immer drei, vier von uns Enkeln mitgenommen, wenn Sirupzeit war, und wir mußten ordentlich mit anpacken. Bei ihm haben wir arbeiten gelernt, das kannst du mir glauben! Die Indianer haben den Siedlern beigebracht, wie man Sirup abzapft, und Großvaters Großvater hat es ihm beigebracht und er dann uns Kindern.«

Zwei Bäume später sagt Mr. Flower: »Ich erzähle dir,

was eines Tages passiert ist. Wir waren schon früh hier, die Sonne war gerade erst aufgegangen. Und hinter diesem Baum dort, da sprang auf einmal etwas Graues auf. Es sagte ›waff, waff‹ und hüpfte davon, fast flog es, seinen Schwanz wie eine Flagge erhoben. Weißt du, was das war?«

»Nein, was?«

»Wir Kinder wußten es auch nicht. Wir hatten Angst. Großvater sagte, es sei der erste Hirsch, den er je in Winterfield gesehen habe. Er sagte, daß die wilden Tiere immer weiter vom Norden runterkamen. Kein Vergleich zu heute natürlich!«

Ich denke darüber nach. Am nächsten Baum frage ich: »Gibt's hier heute noch wilde Tiere?«

»Das will ich meinen! Jetzt, wo es die alten Farmen fast alle nicht mehr gibt, kommt der Wald zurück. Die neuen Leute bleiben in ihren neuen Häusern – sie gehen nicht mehr raus in den Wald. So haben die Tiere den Wald wieder für sich.«

Jetzt schaue ich mich doch um! »Was für Tiere gibt's denn hier?«

Mr. Flower zuckt mit den Achseln. »Biber, Bären, Vögel. Ich kann mich an den Morgen erinnern, es war im Frühling, da kam Stephen auf einmal mit einem Entenküken an. ›Das ist unser neues Haustier‹, hat er gesagt. Stephen war immer verrückt nach Tieren.«

»Haben Sie das Küken behalten?«

»Himmel, nein! Connie hat Stephen mit dem Tier auf der Stelle dahin geschickt, wo sie hergekommen waren. Mutter Ente schwamm schon herum und rief ihr Kleines. Das war ein Wiedersehen, sag ich dir!«

Aha, Stephen war also verrückt nach Tieren. Pearl ist mein Tier. Ich wette, er wartet schon auf mich. Wenn er mich sieht, wird er wiehern, als wollte er hallo sagen. Und wenn ich bei ihm bin, wird er den Kopf auf meine Schulter legen. Das macht er jetzt immer.

Sein Kopf ist ganz schön schwer, aber ich schiebe ihn nie weg.

Das Tageslicht wird immer schwächer, die Schatten länger. Ich bin ganz froh, als Mr. Flower sagt: »Das reicht für heute. Laß uns zurückgehen und die Tiere füttern, bevor es dunkel wird. Schnell, Janet, schnell wie Marigold Stass.«

Meine Tapete ist an der Wand! Jackie und ich sind schweißgebadet, aber wir bewundern die mit Narzissen und Veilchen bedeckte Wand.
»Gut, daß es ein kleines Zimmer ist«, sagt Jackie.
»Es sieht jetzt größer aus.«
»Ja, das stimmt. Das kommt von dem kleinen Muster.«
Wir schauen uns um und strahlen. Gerade will ich sagen: »Kakaopause?«, als Jackie ein neues Werkzeug aus ihrer Schürze kramt.
Ich schreie: »Nein, nicht noch mehr Arbeit!«
»Nur noch ein bißchen. Damit streichst du die Nahtstellen glatt.« Es ist ein Rädchen an einem Griff. »Ich schneide die Ecken gerade. Du hast doch nicht etwa erwartet, daß wir sie so ausgefranst lassen!«
Darauf brauche ich wohl nicht zu antworten.
Ich fange an, die Nähte glattzustreichen. Nicht gerade harte Arbeit. Jedenfalls kein Vergleich zu dem, was wir schon getan haben. Jackie klettert auf unsere Arbeitsbank. Sie schneidet die überstehenden Ecken der Tapete mit einem Messer ab.
Nach einiger Zeit fragt Jackie: »Wie geht's denn mit deinem Freund Pearl voran?«

»Pearl ist super. Er sieht toll aus, benimmt sich toll und frißt für vier.« Ich habe ihn jetzt richtig gern.

»Dieses unförmige Aussehen, das war bloß sein Fell, oder?«

»Winterfell. Und Dreck. Unten drunter war er nur Haut und Knochen.«

»Aha. Und wie geht's Mr. Flower?«

»Ach, ich hab ja ganz vergessen, dir zu erzählen, daß Mr. Flower hier geboren wurde!«

»In diesem Haus?«

»In diesem Zimmer!«

»Das Haus hat seiner Familie gehört?«

»Seiner Großmutter Cook. Sie hat Narzissen an der Veranda gepflanzt.«

»Nun, die werden bald blühen.«

»Glaubst du, sie sind noch da?«

»Narzissen blühen jedes Jahr wieder. Rollen, Jannie!«

Ich mache mich wieder an die Arbeit. »Glaubst du, daß noch andere Leute hier geboren wurden?«

»Klar. Ich wette, hier sind auch Leute gestorben.«

Ich schaue mich in meinem Zimmer um. Die Wolken, die vorüberziehen, werfen seltsame Schatten. »Wenn ich mir das vorstelle, fühlt es sich gar nicht wie *mein* Zimmer an.«

»Solange du hier bist, ist es dein Zimmer. Hör nicht auf zu arbeiten.«

Ich rolle. »Jackie, Mr. Flower sagt, daß es hier wilde Tiere gibt.«

»Aha! Ich würde schrecklich gern mal wilde Tiere sehen! Sie sind wie Wesen von einem anderen Stern.«

»Was?«

»Sie leben in ihrer eigenen Welt, weit weg von unserer Welt.«

Ich lebe in meiner eigenen Welt, weit weg von Jackies Welt. Könnte ich jetzt sagen: »Jackie, ich habe eine Freundin, die einen Ring gestohlen hat. Was soll sie tun?«

Kann ich nicht. Jackie wüßte sofort Bescheid.

Ihre Augen würden hart werden, härter als dieser verfluchte Ring.

Könnte ich ihn vielleicht einfach in den Müll werfen und summend weggehen?

Ich wünschte, ich könnte! Aber dieser Ring ist irgendwie lebendig, wie ein kleines Tier, das sich in meiner Tasche zusammengerollt hat. Ich stehe in seinem Bann, und Marigold und Tunie und Cliff, den keiner je gesehen hat. Der Ring ist nicht mal fünfzig Cent wert, aber in meiner Tasche fühlt er sich wie ein Diamant an. Ich kann ihn einfach nicht wegwerfen.

Ich reite Pearl fast jeden Tag. Wir überqueren die Hungry Hollow Road und folgen dem Pfad in den Wald. Dort, hinter den Häusern, ist ein Feldweg. Mr. Flower nennt ihn Old King's Road. Er sagt, die ersten Bewohner von Winterfield hätten den Weg King's Highway genannt. Damals hat Massachusetts zu England gehört. Die Siedler kamen mit ihren Planwagen und den Ochsengespannen und bauten Häuser. Alles, was von diesen Häusern übrig ist, sind Kellerlöcher draußen in den Wäldern. »Sie zogen weiter nach Westen«, sagt Mr. Flower. »Aber zuerst haben sie hier meilenweit Weideland gewonnen. Hunderte von Schafen grasten entlang von King's Highway.« Jetzt ist hier wieder Wald.

Unsere Hungry Hollow Road war es, wo sich der allererste Siedler niederließ. In einem Winter ging er die fünfzehn Meilen bis Northampton, um dort einzukaufen. Es schneite so stark, daß er nicht zurückkonnte, und seine hungrige Familie aß den Hund auf. Nicht mal Mr. Flower weiß genau, wo ihr Haus stand, aber irgendwo an der Hungry Hollow Road war es. »Dichtung oder Wahrheit«, sagt Jackie, »Russ Flower erzählt gute Geschichten!«

Im Wald schmilzt der Schnee, und Pearl läuft ganz toll. Wir trotten bis zur Kurve, wo die Stass-Farm steht. Dort ziehe ich die Zügel leicht an.

Neben dem großen weißen Haus der Stass sind die Hühnerställe. Die gackernden Hühner laufen über den Hof. Meistens hängen gefrorene Windeln an der Wäscheleine. Drinnen läuft fast den ganzen Tag der Fernseher, und die Türen knallen. Kinder rennen ein und aus. Der riesige schwarze Hund, dessen Knurren sich wie Donner anhört, bewacht alles. Als wir vorbeigehen, stellt Pearl die Ohren auf und schaut wachsam, und ich fasse die Zügel fester.

Mit einer Hand! Ich kann das jetzt, ich kann Pearl mit

einem leichten Druck von links nach rechts lenken. Meistens bewegen wir uns ganz harmonisch.

An diesem schönen Morgen aber geraten wir mitten in die Familie Stass hinein.

Sie sind alle hier draußen. Mr. und Mrs. Stass, das Baby, Frankie, Sophie, Andie, zwei Ältere, die ich nicht kenne, Marigold und ein junger Mann mit roten Haaren. Kein Stass hat rote Haare. Der Rothaarige arbeitet bestimmt bei ihnen.

Sie ziehen grüne Schläuche von Baum zu Baum. Die Schläuche verbinden die Zapfstellen und leiten den Ahornsaft in einen Vorratstank. Mr. Flower hat mir gesagt, daß das die moderne Art ist, Sirup zu gewinnen.

Der schwarze Hund, Thunder, fängt zu bellen an und stürzt auf uns zu.

Pearl erschrickt, steigt und bockt. Es dauert, bis ich ihn beruhigt habe. Dann sehe ich, daß alle Stass uns anstarren. Der Rothaarige hält Thunder am Halsband fest.

Neben dem Rothaarigen steht Marigold, mit leuchtend geschminkten Augen und Lippen und einem baumelnden Ohrring. Sie hat einen Hammer in der Hand und sieht uns an, als ob sie uns noch nie zuvor gesehen hätte.

Pearl zittert. Ich streichle ihn und werde rot. Am liebsten würde ich durch diese gaffende Horde einfach durchreiten! Aber überall sind Schläuche, in denen Pearl sich verfangen könnte, und ein Fotoapparat, auf den er trampeln könnte, und Baby Stass spielt mitten auf dem Weg. Am besten drehen wir um.

»He, du!« ruft Mr. Stass. »Wart mal.«

Ich drehe um und sehe ihn an. Er stapft zu uns herüber.

»Ist das Flowers altes Pony, das von der Auktion?«

Ich nicke.

»Sieht ganz anders aus.«

Ich schlucke. »Wir ... wir haben ziemlich viel mit ihm gearbeitet.«

»Gute Arbeit!« Mr. Stass gibt Pearl einen freundlichen Klaps. Pearl erschrickt und zittert. »Bloß gut, daß du nicht tief fällst! Laß ihn nicht auf diese Schläuche treten.«

»Nein, ich paß schon auf.«

»Geh hier durch.«

»Ja.«

Jemand ruft: »Jannie! He, Jannie!« Frankie kommt angerannt.

»Darf ich ihn mal reiten, bitte?«

Marigold hat damit geprahlt, daß sie Frankies Mütze gestrickt hat. Blondes Haar quillt darunter hervor. Eifrige blaue Augen schauen mich an. »Darf ich?«

So, wie Pearl zittert, bin ich mir nicht ganz sicher, was ich tun soll. Aber Frankie ist der erste Mensch in Winterfield, der mich Jannie genannt hat. Ich werde weich und sage: »Klar, Frankie.«

Mr. Stass sagt: »Bloß bis zur Hauptstraße und zurück. Wir haben hier schließlich noch zu arbeiten.«

Marigold rümpft die Nase.

Ich steige ab. »Sag ihm erst guten Tag, Frankie. Laß ihn an deiner Hand schnuppern.«

Pearl beschnuppert den ganzen Frankie. Er hört auf zu zittern.

»Er mag mich, er mag mich!« ruft Frankie.

Ich hebe ihn hoch. Er sitzt locker und hält sich leicht an Pearls Mähne fest.

»Bist du schon mal geritten, Frankie?«

»Na klar, ich bin auf Onkel Joes Zugpferden geritten.«

Das hätte ich mir denken können. Frankie ist schließlich ein Stass.

Ich führe Pearl in Richtung Hauptstraße. Marigold sieht nicht zu uns herüber, aber der Rothaarige lächelt uns freundlich an.

Thunder saust hinter uns her durch den Schnee, daß es nur so staubt. Pearl macht sich steif und wirft den Kopf hoch.

Frankie klopft ihm den Hals. »Ist ja gut, Pearl, du bist mein Freund, und deshalb bist du auch Thunders Freund.«

Pearl scheint ihm zu glauben. Er nickt und geht weiter.

»Er heißt Thunder, weil sein Knurren sich wie Donner anhört«, sagt Frankie.

»Ich weiß!«

»Guter, alter Pearl«, sagt Frankie und streichelt ihn. »Nächstes Mal, wenn wir reiten, bringe ich dir Ahornsirup mit.«

Das wird eine Schwarzweißzeichnung. Weiche Bleistiftstriche, grau, schwarz, weiß. Die Schatten schraffiere ich. Man braucht nicht immer Farbe.

Ich male einen Ahornbaum, so groß und alt, daß er zwei Sirupschüsseln verkraftet. Der Baum reckt sich empor und streckt seine Zweige aus ... noch mehr Zweige, und Schatten an der Rinde.
Unter dem Baum steht ein gekrümmter alter Mann mit einer tief ins Gesicht gezogenen Mütze. In der einen Hand hält er eine Schüssel. Ein Junge will ihm die Schüssel abnehmen.
Der Junge lächelt den alten Mann an. Er sieht ein bißchen wie Frankie Stass aus, etwas älter. Vielleicht zehn Jahre alt.
Arthur Flower ist zehn.
Ich kaue auf meinem Stift herum.
Ich habe Mr. Flower und Arthur gezeichnet. Sie zapfen Ahornbäume an, in den Wäldern, wo einst Großvater Cook dem kleinen Russ Flower das Sirupzapfen beigebracht hat.
Mr. Flower würde es Arthur liebend gern beibringen!
Das ist ein trauriges Bild, denn Arthur und Mr. Flower werden nie zusammen Sirup zapfen. Arthur kommt ja nur nach Winterfield, wenn der Apfelbaum blüht, und dann ist die Sirupzeit längst vorbei.

Mit Farbe würde es weniger traurig aussehen. Blaue Schatten und abendrotschimmernder Schnee würden das Bild fröhlicher machen.
Aber ich lasse es so, traurig, wie es wirklich ist.

Am Donnerstag in der großen Pause sagt Königin Marigold: »Ich trau mich nicht, Cliff zu erzählen, daß Tunie den Ring gestohlen hat.«
Der Hofstaat seufzt. Alle haben es satt, dauernd von diesem Ring zu hören. Tief in meiner Tasche drücke ich ihn gegen meinen Daumen.
Hinten am Zaun, wo der Schnee schon geschmolzen ist, hüpft Tunies neuer Hofstaat Seil. Tunie-Fettkloß allerdings nicht, sie schwingt ein Seilende, kaut Kaugummi und singt:

»Hopp, hopp, ich spring und spring,
und mit mir springt mein Ring.
Hopp, hopp, ich sing und sing
ein Lied über meinen Ring.

Ich hüpfe und ich springe
mit meinem Ring und singe!«

Ich wette, das stammt von Tunie.
Jessie-Superfrau sagt: »Marigold, willst du diesen blöden Ring nicht endlich vergessen? Tunie hat ihn nicht geklaut, genausowenig wie ich. Wieso fragst du nicht Janet? Sie war schließlich auch dabei.«
Ich erstarre. Jetzt also. Ich stehe stocksteif und rolle den Ring in meiner Tasche hin und her. Ich kriege keine Luft mehr. Marigold sieht mich an und runzelt die Stirn.
Jessie knurrt: »Ach, Mensch, komm schon! Denkst du vielleicht, die hochnäsige Janet hat deinen Ring? Als nächstes sagst du wahrscheinlich, daß Irene ihn hat.«
Irene zupft nervös an ihren Haaren.
Ich halte es kaum aus.
Marigolds Blick hält mich fest. Ich starre zurück.
Jessie-Superfrau grummelt: »Wenn du das Wort *Ring* noch einmal erwähnst, Marigold, gehe ich auch rüber zum Seilspringen.«
Marigold zuckt mit den Achseln und wendet sich ab. Ich atme wieder.

Marigold nimmt ihr kleines Radio. »Cliff hat es mir geliehen«, sagt sie, »wir können tanzen.«
Sie stellt es an, Rockmusik hämmert los. Sie dreht die Lautstärke voll auf. Marigold tanzt.
Ich tanze auch. Marigold die Anmutige, Irene die Affige und Jessie die Zapplige tanzen vorbei. Der ganze Hof tanzt. Die Musik übertönt Tunies Lied.

»Ich hüpfe und ich springe
mit meinem Ring und singe!«

Ich frage mich, wieso Jessie mich hochnäsig nennt. Hochnäsig? Sie kann unmöglich mich meinen.

Vor jedem Ausritt striegele ich Pearl und kämme seine Mähne. Und nach dem Reiten kratzen Mr. Flower und ich Pearls Hufe aus. Ich hab immer gedacht, alle Pferde hätten Hufeisen, aber Mr. Flower sagt, ein Pony, das nur auf weichen Feldwegen geritten wird, braucht keine Hufeisen.

Als ich an diesem Abend von unserem Ausritt zurückkomme, melkt Mr. Flower gerade Rosy. Posy sitzt abwartend daneben und leckt sich den Bart. Ich binde Pearl am Schuppen an und kratze seine Hufe aus. Pearl steht still, er vertraut mir.

Er vertraut mir, aber er liebt Frankie Stass! So ungefähr dreimal in der Woche treffen wir Frankie und Thunder auf der Old King's Road. Ich helfe Frankie beim Aufsitzen, und die drei galoppieren davon.

Dann schlendere ich die schlammige Straße entlang und höre die Vögel zwitschern und die Eichhörnchen zwischen den frischen grünen Blättern keckern. Es ist einsam. Ich frage mich, ob Tiere, die ich nicht sehen kann, mich beobachten. Und ob die Ochsen der Siedler unter diesen Bäumen gegrast haben, damals, vor vielen, vielen Jahren.

Wenn Frankie geritten ist, brauchen die Hufe besonders viel Pflege!

Mr. Flower kommt und sieht mir zu, wie ich die Hufe auskratze. »Gut«, sagt er. »Fein. Marigold Stass könnte das auch nicht besser. Hier, nimm ein Stück Ahornzucker.«

Ich stehe auf und nehme das kleine goldene Stück.

»Das schmeckt, hm? Was meinst du, wie das Arthur schmecken wird. Und Pearl natürlich auch.« Mr. Flower gibt Pearl nicht gerade oft eine Leckerei. Er sagt, es sei nicht gut für Ponys. Aber wir können schließlich nicht hier stehen und Zucker schlecken und Pearl dabei zusehen lassen! Rosy kommt auch zum Schlecken.

»Mr. Flower«, sage ich, »die Narzissen in Ihrem Hof blühen bald.«

»Ja. Großmutter Cook hat sie gepflanzt.«

»Hat das Haus einmal Ihnen gehört?« Jackie und ich fragen uns nämlich, ob es Mr. Flower vielleicht was ausmacht, daß wir in seinem Haus wohnen.

»Nein, nie. Ich hatte einen Anteil, genau wie meine Cousins. Ich habe ihn für Stephen verkauft.«

»Was meinen Sie damit, für Stephen?«

»Na ja, weißt du, Stephen war ein intelligenter Bursche. Er ging gern zur Schule. Connie arbeitete in dem Restaurant unten an der Neunten Straße, damit er aufs College gehen konnte.«

»Meine Mom hat während ihrer Collegezeit gejobbt.«

»Stephen natürlich auch. Aber wir reden hier über ein

erstklassiges College. Und dann wurde Connie krank und starb. Also habe ich meinen Anteil an der Farm verkauft, damit Stephen seinen Abschluß machen konnte.«

»Ach so.« Ich verstehe.

Als ich Pearl losbinde, dreht er sich um und legt seinen Kopf auf meine Schulter. Ich spiele mit den Strähnen seiner seidigen Mähne. »Sehen Sie bloß, Mr. Flower, Pearl ist richtig schön geworden.«

»Arthur wird glücklich sein, wenn er ihn sieht. Morgen räumen wir auf und machen sauber, für Arthur.«

»Was? Jetzt schon?«

»Guck dir den Apfelbaum an!«

Die Abendsonne scheint auf den Baum. An allen Zweigen sieht man die Knospen schwellen. Der Apfelbaum blüht bald! Und dann kommt Arthur.

Und ich muß Pearl bald auf Wiedersehen sagen. Gerade jetzt, wo wir Freunde geworden sind. Pearl wird mit Arthur nach Castlebridge gehen. Dann sehe ich ihn bestimmt nie wieder.

Sein Kopf liegt schwer auf meiner Schulter, aber ich schiebe ihn nicht weg.

»Meine Güte«, sage ich, »ich habe gar nicht gemerkt, daß schon Frühling ist!«
»Hat sich rangeschlichen«, sagt Mr. Flower.

»Paß auf!« ruft Jackie.

Zu spät. Bloß eine Minute habe ich an etwas anderes gedacht, und schon habe ich viel zu weit genäht. Die Nähmaschine rattert immer noch.
»Das Pedal, Jannie! Nimm den Fuß vom Pedal runter.«
Ruhe. Hoffnungsvoll frage ich: »Ist es ruiniert?«
»Nein, natürlich nicht. Und selbst wenn, könnte man es wieder hinkriegen.«
Ich stöhne. Das ist der Mist beim Nähen. Man kann nicht einfach etwas ruinieren, »zu blöde« sagen und es zur Seite legen. Man kann es immer auftrennen, und das ist noch schlimmer als nähen.
Jackie nimmt den gelben Vorhangstoff vom Tisch. Sie sieht ihn prüfend an, dreht ihn um, streicht ihn glatt. »Nichts Schlimmes passiert«, sagt sie. »Aber die Fäden hier sind total verwirrt.«

O nein! Ich beuge mich über die Maschine. Sieht so aus, als müßte ich die Garnspule herausholen und den Faden neu einfädeln. Herrje!
»Wieso müssen wir überhaupt Vorhänge nähen? Es gibt doch fertige zu kaufen.«
»Aber keine, die zu deiner Tapete passen.«
Verflixte Tapete! »Vielleicht wär's einfacher, sie mit der Hand zu nähen?«
»Jannie, du wirst doch nicht etwa den Mut verlieren?«
Bloß keine dummen Witze! Mein Rücken tut weh, meine Augen brennen. Ich sehe nur noch gelbe Kreise. Jetzt mit Pearl im Wald reiten!
»Laß mich das machen.« Jackie setzt sich an die Maschine. »Ts, ts«, sagt sie, »du bist mit deinen Gedanken wohl ganz woanders gewesen.«
Stimmt. Ich habe an den Ring in meiner Tasche gedacht. Ich habe überlegt, wie ich ihn Marigold zurückgeben kann, ohne daß der Verdacht auf mich fällt. Aber das kann ich schließlich nicht sagen.
Ich sage: »Ich habe an Mr. Flower gedacht.«
»Aha. Was ist mit ihm?«
»Na ja, ich hab dran gedacht, wie sehr er sich auf Arthur

freut. Er ist ganz verrückt nach ihm. Ich frage mich, ob mein Großvater je so verrückt nach mir war.«
»O Jannie!« Jackie läßt die Garnspule liegen und schaut mich traurig an. Wenn ich Jackie nicht so gut kennen würde, dann würde ich jetzt wohl denken, daß sie weint.
»Jannie, mein Vater hat dich nie kennengelernt.«
»Überhaupt nie?«
»Nie. Er lebte in San Francisco. Wir lebten in Massachusetts. Keiner hatte das Geld für so eine weite Reise.«
»Und was ist mit meinem anderen Großvater?«
»Du weißt, daß dein Vater keine Familie mehr hatte.«
Ich gehe ans Fenster und betrachte das erste Frühlingsgrün. Ich habe mir immer Onkel, Tanten und Kusinen gewünscht. Verwandte eben. Nur Jackie und ich, das ist so einsam. Maria habe ich immer um ihre wilden Brüder beneidet. Und jetzt beneide ich Marigold um ihre laute Familie, glaube ich.
»Ich wünschte, ich könnte Mr. Flower als Großvater adoptieren.«
Ob ich mit ihm wohl über den Ring sprechen könnte?
Jackie beugt sich wieder über die Nähmaschine. Sie sagt: »Großeltern sind nicht nur toll. Sie erzählen immer

wieder dieselben alten Geschichten, und man muß höflich zuhören.«
»Du hattest deinen Großvater doch lieb«, erinnere ich sie.
»Ja, das stimmt. Aber ich hab es gehaßt, immer wieder dieselben Geschichten erzählt zu bekommen!«
Mr. Flower weiß vielleicht, was ich mit diesem Ring machen soll. Ich wette, er versteht mich sogar.

Pearl und ich trotten die Old King's Road hinunter. Wir passen gut zusammen. Ich mag das Geräusch von Pearls Hufen auf dem Moos und die Art, wie er seine Mähne schüttelt. Obwohl ich wirklich bald zu groß für ihn bin, werde ich unsere Ausritte vermissen, wenn Arthur ihn mitnimmt.
Ich schaue mich um, vielleicht sehe ich ja wilde Tiere? Aus dem schattigen Laub dort hinten könnte mich etwas anstarren. Wir könnten uns ansehen, jeder aus seiner Welt heraus. Es wäre so, als ob man ein Wesen von einem anderen Stern träfe.

Pearl stolpert. Irgend etwas steckt in seinem rechten Huf. Ich rutsche von seinem Rücken und lasse die Zügel hängen. Mr. Flower hat ihm beigebracht, dann eine Weile stillzustehen. Ich knie mich nieder und hebe seinen Huf an.

Pearl schnaubt und wirft den Kopf hoch. Ich schnappe nach den Zügeln.

Ein junger Mann kommt auf uns zu. Er trägt Arbeitskleidung.

Das ist der Rothaarige, der für Mr. Stass arbeitet.

Ich werde rot. Ich würde wirklich lieber einem wilden Tier begegnen als jemandem, mit dem ich reden muß! Ich stehe auf.

Der Rothaarige nickt und lächelt. »Probleme?«

»Nein, nein. Keine Probleme.«

»Du hast nach seinem Huf gesehen.«

»Ja, ich dachte, er hätte einen Stein drin.«

»Laß mich mal sehen.« Bevor ich noch etwas sagen oder Pearl die Ohren anlegen kann, kniet der Rothaarige schon und hebt Pearls Huf. Ich halte die Zügel fest.

Mit seinem Taschenmesser kratzt er ein Steinchen aus Pearls Huf. »Hast du das gesehen? Mit so einem Messer ist das kein Problem.« Er wirft den Stein weg und steht auf. »Das ist Mr. Flowers Pony, oder?«

»Stimmt.«

»Und du bist Janet Stone. Deine Mutter unterrichtet Werken.«

»Stimmt.«

»Kann ich dich Jannie nennen?«

»Klar.«

»Ich bin Cliff LeDuc.«

Cliff? Das ist Cliff?

»Ich arbeite bei den Stass. Komm ein Stück mit mir, damit ich sehe, ob mit dem Huf alles in Ordnung ist.«

Nicht zu fassen! Das ist Marigolds phantastischer Freund Cliff! Als ich ihn mit den Stass gesehen habe, wirkten er und Marigold überhaupt nicht wie ein romantisches Liebespaar!

Wir drei gehen nebeneinander, wie Freunde.

Cliff fragt: »Wie geht's denn so mit ihm?«

»Oh, ich glaube, besser.« Tatsächlich läuft Pearl ohne Probleme.

»Was will Mr. Flower denn eigentlich mit diesem Pony?«

»Er hat es für seinen Enkel Arthur gekauft.«

»Aber ich denke, Arthur lebt in der Stadt. Wo soll er da mit einem Pony hin?«

»Keine Ahnung.«

»Wie auch immer, Jannie, du hast gute Arbeit mit Pearl geleistet.«

»Danke.«

»Du mußt ein nettes Mädchen sein.«

Ich werde knallrot.

»Ich wette, du hast bei Mr. Flower eine ganze Menge gelernt.«

»Hm, ja.«

»Ich finde es gut, wenn man sich mit den Dingen auskennt. Das ist auch der Grund, warum ich für Mr. Stass arbeite. Ich hab dort viel gelernt.«

Jetzt oder nie. Ich hole tief Luft und sage mutig: »Ich hab gehört, wie Marigold Stass über dich geredet hat.«

»Marigold ist in Ordnung. Die Stass wissen, wie man Kinder erzieht.«

»Sie hat gesagt, daß sie dir einen Geburtstagskuchen gebacken hat.«

»Stimmt. Es war eine richtige Überraschungsparty.

Marigold hat den Kuchen gebacken, Sophie hat bunte Papierblumen gemacht, Frankie hat die Luftschlangen aufgehängt, und Andie hat Popcorn gekauft. Es war toll.«

Ich hole nochmals tief Luft. »Marigold hat erzählt, daß sie dir eine Krawatte geschenkt hat.«

»Stimmt. Ich hebe sie hinten in meinem Schrank auf.«

»Hinten im Schrank?«

»Na ja, sie ist über und über mit roten Herzen bemalt! Vielleicht binde ich sie am Valentinstag mal um.«

Tief in mir drin breitet der Vogel im Käfig seine Flügel aus.

»Hier mußt du abbiegen, Jannie. Laß Mr. Flower noch mal nach dem Huf sehen.«

Der Huf ist in Ordnung. »Cliff, wart mal!«

Cliff wartet.

Ich schlucke. Jetzt kommen wir zur Sache. »Was ist mit dem Ring?«

»Dem Ring?«

»Du ... hast Marigold doch einen Ring geschenkt. Mit einem roten Stein.«

Cliff runzelt die Stirn, denkt nach. »Oh! Du meinst den

Ring aus dem Kaugummiautomaten. Als wir mal alle in der Stadt waren, hab ich Sophie den Ring gezogen, und bestimmt hat sie ihn Marigold verkauft.«

»Ich meine diesen Ring.« Ich hole ihn aus meiner Tasche und zeige ihn Cliff.

»Genau.«

Tief in mir drin verläßt der Vogel seinen Käfig.

»Marigold hat erzählt, daß sie mal einen Reifen für dich gewechselt hat.«

»Da hatte ich mir den Knöchel verstaucht, als ich mit Frankie im Dunkeln Fangen spielte.«

»Frankie? Frankie war auch dabei?«

»Na klar. Die Stass machen alles zusammen. Einfach alles. Das ist ihr Rezept für ein gutes Familienleben. Immer zusammen.«

»Aha!« Hört sich für mich jedenfalls nicht wie das Rezept für eine gute Liebesgeschichte an!

»Schön, daß wir uns mal kennengelernt haben, Jannie.«

»Ja, find ich auch.«

Cliff schlendert rüber zur Stass-Farm. Pearl und ich galoppieren den Pfad zur Hungry Hollow Road entlang.

Tief in mir drin hat der Vogel seine Flügel ausgebreitet und fliegt.
Ich habe Marigold endlich da, wo ich sie haben möchte! Während ich dahinreite, lache ich laut.

»Mr. Flower!« schreie ich, als ich in den Hof galoppiere. »Mr. Flower!«
Er humpelt aus dem Schuppen, so schnell er nur kann, und jetzt tut es mir leid, daß ich geschrieen habe.
»Alles okay«, rufe ich und springe von Pearl herunter, bevor er richtig angehalten hat. »Es ist nichts passiert.«
»Und wozu dann der Aufruhr?«
Ich zeige ihm den Ring.
»Ein Ring aus einem Kaugummiautomaten?« Er nimmt ihn und fragt: »Hast du ihn gefunden?«
»Hm, also ... eine Freundin von mir hat ihn geklaut.«
Mr. Flower schaut mich von der Seite an. »Du hast doch gesagt, daß nichts passiert ist.«
»Na ja, wissen Sie, das hier ist schon eine Zeit her.«
»Du bist so aufgeregt, obwohl das so lange zurückliegt?«

»Wissen Sie ...« Ich erzähle ihm, wie meine Freundin Maria den Ring klaute und Marigold Tunie beschuldigte. Und natürlich mußte ich Marias Geheimnis bewahren.

»Schlimme Sache für Tunie«, sagt Mr. Flower.

»Aber was ist mit Maria?«

Ich erzähle ihm, wie ich gerade eben Cliff getroffen habe, und den Rest der Geschichte. »Ich finde, Marigold hat verdient, daß der Ring geklaut wurde, nach all dem Mist, den sie uns über ihren Freund erzählt hat.«

Mr. Flower lacht in sich hinein. Dann runzelt er die Stirn. Er sieht mich scharf an. Ich bin mir nicht sicher, ob er die Maria-Geschichte auch glaubt.

Schließlich fragt er: »Und was machst du jetzt damit?«

»Keine Ahnung. Ich wollte Sie fragen.«

Pearl hat seinen Kopf auf meine Schulter gelegt und läßt sich von mir streicheln. Mr. Flower hält den Ring ins Sonnenlicht, so daß er funkelt.

»Also, wenn ich du wäre, dann würde ich diesen Ring irgendwo liegenlassen, wo Marigold ihn findet.«

»Daran habe ich überhaupt nicht gedacht!« Es müßte nicht mal in der Schule sein. Ich könnte ihn auf der

Hungry Hollow Road liegenlassen, wo sie ihn auf dem Heimweg finden würde.

»Und über die Sache mit dem Freund würde ich lieber nichts sagen.«

»Nichts sagen?« Wie kann ich darüber den Mund halten? Und warum überhaupt?

Mr. Flower nickt und gibt mir den Ring zurück. »Die Leute mögen nicht, wenn man ihre Geheimnisse ausplaudert. Marigold wird diesen Ring eines Tages vergessen. Aber sie würde dir nie verzeihen, wenn du allen anderen erzählst, daß es gar keinen Freund gibt. Das würde sie dir noch mit neunzig Jahren vorhalten! Zu ihrem 95. Geburtstag würde sie dich nicht einladen, bloß deshalb! Also, wenn ihr beide Freundinnen werden wollt, dann behalt ihr Geheimnis für dich.«

Ich schlucke. Mr. Flower schmunzelt über mein enttäuschtes Gesicht. »Du könntest ihr ja zuflüstern: ›Ich weiß Bescheid.‹ Das würde ihr schon genug zusetzen.«

Ich schüttele den Kopf. »Nicht genug, Mr. Flower.«

»Und was ist mit deiner Freundin Maria und diesem tollen Ring hier? Sieht so aus, als wäret ihr quitt.«

Mr. Flower zwinkert mir zu. Dann sagt er mit ernster

Miene: »Du mußt Pearl gut striegeln, Janet. Wir wollen doch, daß er tipptopp aussieht, wenn Arthur am Sonntag kommt.«

Und ich sehe, daß der Apfelbaum wirklich blüht, seine Blüten sind so weiß wie Pearl.

»Ich möchte, daß du am Sonntag hier bist«, sagt Mr. Flower.

Pearl schnaubt und reibt seinen Kopf an meiner Schulter. Ich habe dabei geholfen, ihn zutraulich und schön zu machen, und am Sonntag geht er weg. Ich glaube nicht, daß ich das ertragen kann.

Mr. Flower hebt den Kopf. Auf der Hauptstraße hört man ein Auto kommen, es biegt in die Hungry Hollow Road ein. »Das ist Arthur!« ruft Mr. Flower glücklich.

Er versucht, seine Aufregung nicht zu zeigen, aber er kann sie doch nicht verbergen.

Unter dem Apfelbaum stehen Pearl und Rosy, ich stehe zwischen ihnen und umarme beide. Rosy und Pearl

haben die Ohren gespitzt. Wir alle sind nervös, als der große, glänzende Wagen in die Einfahrt fährt.
»Arthur!« ruft Mr. Flower und humpelt zum Auto.
Stephen steigt aus und gibt Mr. Flower die Hand.
Stephen ist groß, schlank und sehr elegant gekleidet. Seine Haare wehen im Wind, und seine Augen sind freundlich.
Mrs. Flower klettert umständlich aus dem Wagen. Sie ist blond und schlank. Zu ihrem beigen Kostüm trägt sie einen gelben Schal, ihre Stöckelschuhe sinken im Schlamm ein. Als Mr. Flower auf sie zuhinkt, um sie zu umarmen, weicht sie zurück.
Die weiße Gestalt auf dem Rücksitz ist Arthur.
Dieses blasse, dünne Kind krabbelt aus dem Auto direkt in Mr. Flowers Umarmung. Bisher habe ich gedacht, Arthur der Große hätte einen Heiligenschein, aber es ist Mr. Flower, der einen hat. Ich habe gehört, daß ein Herz vor Kummer brechen kann. Wenn es vor Freude auch brechen kann, ist Mr. Flowers Herz in Gefahr.
Mrs. Flower geht langsam durch den Hof. Sie beißt sich auf die Lippen, als sie sich umsieht. Als ich sie beobachte, weiß ich, daß sie sich unwohl fühlt.

Sie will nicht hier sein. Winterfield ist Stephens Heimat, nicht ihre. Sie mag Winterfield nicht. Sie mag Mr. Flower nicht, und sie würde viel lieber woanders sein, an einem Ort, den sie kennt, wie Castlebridge.

»Vater!« ruft sie mit ihrer schrillen Stimme. »Eines Tages wird dieser alte Apfelbaum dich noch erschlagen! Ich hab's dir schon hundertmal gesagt.«

Ihre stechenden Augen richten sich auf mich. Ich weiche hinter Pearl zurück. Da fällt ihr Blick auf Pearl. »Vater! Was in aller Welt willst du mit einem *Pferd*? Die *Ziege* ist schon schlimm genug!«

Mr. Flower sagt: »Arthur, schau her. Siehst du dieses wunderwunderschöne Pony?«

Arthur sieht es. Mr. Flower wartet vergeblich auf seinen Freudenschrei.

»Arthur, dieses wunderbare Pony gehört dir.«

Arthur wird noch blasser. Er will zurückweichen, aber Mr. Flower faßt ihn bei den Schultern.

Mrs. Flower wirbelt herum. »O Vater! Das ist doch unmöglich! Du weißt genau, daß wir in der *Stadt* kein *Pony* halten können. Stephen, erklär das deinem Vater. Das ist zuviel für mich.«

Sie dreht sich um und geht weiter. Ihre Absätze stechen in die frisch gerechte Erde. Am liebsten würde sie wieder in das große, glänzende Auto steigen und zurück in die Zivilisation nach Castlebridge fahren.
Arthur starrt Pearl entsetzt an. Er fühlt das gleiche wie seine Mutter.
Stephen seufzt. »Vater, unser Hof ist gerade mal drei Meter breit. Wir haben keinen Schuppen ...«
»Aber du kannst doch irgendwo einen Stellplatz mieten.«
»Vater, außerdem hat Arthur keine Zeit. Er muß zur Schule und hat Klavierunterricht, er geht zum Eiskunstlaufen und in diesen Computerkurs ...«
»Keine Zeit für ein *Pony*? Stephen! Weißt du nicht mehr, daß LeDucs alter Esel dein bester Freund war? Violet hieß er. Weißt du noch, wie du ihn zur Parade am 4. Juli herausgeputzt hast?«
Stephen wird über und über rot.
»Du willst doch, daß dein Sohn das alles auch kann, oder?«
Stephen macht den Mund auf, aber er sagt nichts. Mr. Flower dreht sich wieder zu Arthur um. »Arthur«, sagt

er bestimmt, »komm her und sag deinem Pony guten Tag. Es heißt Pearl.«
Er zieht Arthur zu Pearl hin.
Mrs. Flower ruft: »Stephen! Dieses Vieh könnte beißen!«
Sie hat recht. Unter meiner Hand spüre ich, wie Pearl sich verkrampft. Er legt die Ohren an. Arthur riecht nach Angst, und seine Angst verängstigt Pearl.
Mr. Flower ist viel zu aufgeregt, um das zu merken. »Weißt du, Arthur, als ich zehn war, hätte ich wer weiß was für ein Pony gegeben. Und dein Vater auch. Er hat Tiere immer geliebt.« Mr. Flower setzt Arthur auf Pearls Rücken.
Pearl zuckt zusammen und zittert.
Arthur jammert: »Opa, laß mich runter!«
Mr. Flower strahlt den verängstigten Pearl und den eingeschüchterten Arthur an. Er sieht sie einfach nicht so, wie sie sind. Alles was er sieht, ist, daß sein Traum endlich Wirklichkeit wird – sein Enkel auf Pearl.
Mr. Flower kann sich nicht vorstellen, daß Arthur ganz anders ist als er selbst. Arthur würde viel lieber mit seinem Gameboy spielen, als Pearl zu reiten. Für Arthur

ist Pearl nicht schön, sondern gefährlich. Und für Pearl ist Arthur nicht der Welt bestes Kind, sondern ein Fremder, der nach Angst riecht. Und Angst heißt, daß es etwas gibt, wovor man Angst haben muß.

Arthur wimmert.

»Schon gut«, sagt Mr. Flower, um ihn zu beruhigen. »Ich halte ihn ja.« Das tut er auch, aber nicht gerade fest.

Vom Garten drüben jammert Mrs. Flower: »Stephen! Dein Vater hat schon wieder umgegraben! In seinem Alter sollte er nicht mehr so hart arbeiten. Sag ihm, was wir beschlossen haben.«

Stephen murmelt: »Nicht jetzt.« Er beobachtet Arthur und Pearl und sieht besorgt aus.

Mrs. Flower hört nicht oder will nicht hören. Sie ruft: »Stephen! Erzähl es Vater doch endlich!«

Stephen seufzt. Meine Güte, er tut mir richtig leid! Er ist zwischen zwei Menschen hin- und hergerissen, die sich nicht leiden können und die er beide mag. Er will, daß beide glücklich sind, aber das geht nicht.

»Vater«, sagt er, »wir möchten, daß du mit uns in Castlebridge lebst.«

Mr. Flower sieht ihn an. »Mit dir und Arthur?«
»Nicht direkt. In dem neuen Altenheim, es ist nicht weit von uns.«
Mr. Flower wendet sich wieder Arthur zu. Er sagt: »Zeig Pearl, daß du ihn magst. Sei ganz ruhig und streichele ihn.«
Verzweifelt sagt Stephen: »Vater, wir haben dich für das Altenheim ange . . .«
Mr. Flower dreht sich zu Stephen, er knurrt wie Frankies Hund Thunder. Er ist wütend, sein ganzer Körper wird geschüttelt, als er endlich spricht.
Mr. Flower hat sich in einen Werwolf verwandelt! Oder, genauer gesagt, in den verrückten Einsiedler von Winterfield, von dem die Kinder immer reden. So habe ich ihn noch nie gesehen.
»Du Trottel! Du Vollidiot! Hier bin ich zu Hause, genau hier!« brüllt er.
»Vater . . .«
»Wie kannst du es wagen, mich wo anzumelden! Du kannst mich in keinem Altenheim anmelden und auch nicht im Himmel! Ich bin hier angemeldet, bis ich mich abmelde – ich, nicht du!«

Pearl scheut. Der Zügel gleitet aus Mr. Flowers Hand.
Mrs. Flower kreischt: »Stephen!«
Pearl rast davon.
Arthur hängt auf ihm und brüllt aus Leibeskräften.
Rosy springt auf ihren Steinhügel und beobachtet alles aus sicherer Entfernung.
Mit wehendem Schweif und fliegender Mähne rast Pearl an den Himbeeren vorbei und durch den Garten.
Mr. Flower und ich sehen zu, wie Pearl durchgeht. Es gibt keine Möglichkeit, ihn anzuhalten. Mr. Flower ist in sich zusammengesackt, und sein Gesicht ist ganz faltig. Eine Träne rollt ihm übers Gesicht.
Er tut mir so leid! Die Flowers werden nie mehr hierherkommen, soviel ist klar.
Arthur tut mir auch leid. Er kann ja nichts dazu, daß er ein Trottel ist. Und ich weiß so gut, wie er sich jetzt fühlt! Pearl ist einmal mit mir durchgegangen, und ich bin viel größer als Arthur.
Pearl und Arthur kommen wieder in Sichtweite, Arthur brüllt immer noch.
Mrs. Flower schreit: »Stephen! Halt das Biest an!«
Aber das ist ein Befehl, der nicht auszuführen ist.

Mr. Flower macht einen Schritt nach vorn, aber auch er kann Pearl jetzt nicht beruhigen.
»O nein, nein, neeiin!«
Nun hat Pearl offensichtlich genug von diesem kreischenden Etwas auf seinem Rücken. Bei den Himbeeren hält er an, wirbelt herum und steigt. Dann buckelt er.
»Neeiin!«
Pearl schüttelt sich und galoppiert weg, er ist bestimmt froh. Arthur ist endlich still. Er fliegt direkt in die Himbeersträucher.

Am Montag morgen gehe ich schon ziemlich früh zur Schule. Sonst bin ich immer später losgegangen, damit ich Marigold Stass nicht sehen mußte. Heute aber will ich sie treffen.
Aus Mr. Flowers Kamin kommt dunkler Rauch. Posy sitzt traurig im Schuppenfenster. Ich schaue in die andere Richtung und flitze schnell vorbei.
Ich komme zur Kurve. Vielleicht ist Marigold schon weg. Vielleicht ist sie aber auch spät dran. Vielleicht ...

Da geht sie, hochnäsig wie immer, mit wippenden Locken.

Die Tasche schwingt hin und her.

Da geht Marigold Stass, die alle zum Narren gehalten hat. Ihretwegen habe ich mich wie ein Idiot gefühlt.

Marigold weiß es noch nicht, aber endlich bekommt sie ihre gerechte Strafe. Ihre heile Welt wird jetzt einen Knacks kriegen. Durch mich.

Ich hole tief Luft und rufe: »He, du! Ja, du, Marigold!«

Sie dreht sich um und sieht mich, aber sie glaubt nicht, daß ich es bin, die da gerufen hat. Sie hält nach jemand anderem Ausschau, jemand Wichtigerem. Die Arme wird gleich ganz schön geschockt sein!

»Ich bin's!« rufe ich. »Ich, Janet. Warte auf mich!«

Marigold wartet mit offenem Mund. Ich gehe zu ihr.

»Marigold, ich möchte, daß du die erste bist, die es erfährt.«

»Was erfährt?«

»Ich habe gestern auf der Old King's Road jemanden getroffen. Rothaarig. Ich dachte, ich hätte ihn schon mal irgendwo gesehen, und das hatte ich auch.«

Marigold sieht mich so an, wie Pearl es am Anfang getan

hat. Mißtrauisch. Ich sage: »Nett, nicht wahr, er ist nett? Du weißt doch, von wem ich spreche?«

Jetzt guckt Marigold wie Pearl ganz am Anfang, wenn er überlegte, ob er wohl zubeißen sollte.

»Er hat über dich geredet, Marigold. Er sagte, du bist in Ordnung. ›Die Stass wissen, wie man Kinder erzieht‹, hat er gesagt. Und: ›Die Stass machen alles zusammen.‹ Ist ziemlich schwierig, so eine Romanze, wenn die ganze Familie dabei ist, oder?«

Marigold wird rot. Sie wird blaß. Sie schüttelt ihr Haar und stampft mit dem Fuß, genau wie Pearl. Schließlich sagt sie: »Na und, dann hab ich eben eine gute Geschichte erfunden.«

»Eine gute Geschichte? Du hast alle belogen mit deiner Geschichte!«

»Wen hab ich belogen?«

»Tunie-Fettkloß! Jessie-Superfrau! Irene-Oberhirn!«

Marigold kommt jetzt ganz nahe und flüstert: »Wenn du auch nur ein Wort sagst über mich und Cliff, irgendwas, irgendwann, irgendwo.« Sie wartet, schnauft. Ihre Augen glimmen vor Wut.

»Ja, was dann?«

»Dann ... dann sag ich ihnen alles über dich!«
O Gott! Weiß sie es etwa? Oder vermutet sie es? Ich komme jetzt auch ganz nah. Jeder, der uns beide beobachtet, würde denken, da erzählen sich zwei Freundinnen ihre Geheimnisse. »Was willst du ihnen über mich erzählen?« flüstere ich.
»Alles. Ich erzähl's allen. Ich weiß alles über dich. Keiner wird je wieder mit dir reden.«
Wir starren uns an. Ich schnaufe jetzt auch und bin rot, aber nicht, weil ich verlegen bin, sondern weil ich wütend bin.
Marigold weiß es nicht. Sie kann's gar nicht wissen. Ich greife nach dem Ring in meiner Tasche. Seine scharfen Kanten machen mich stark.
Ich flüstere: »Mit mir redet sowieso keiner. Geh doch hin und erzähl allen alles. Und ich erzähl dann Tunie, Jessie, Irene und den anderen alles über dich, außer, du ...«
»Außer, ich – was?«
»Außer, du hörst mit deiner Prahlerei auf! Deine Angeberei macht mich krank! Wenn du noch einmal so angibst, erzähle ich Jessie-Superfrau ...«

Marigold schwingt ihre Schultertasche hart gegen meinen Arm. Es tut weh. Sie starrt mich an. Ich starre sie an und reibe meinen Arm. Wir weichen zurück.
Dann drehe ich mich um und gehe in die falsche Richtung, nach Hause.
Ich drehe mich wieder um.
Marigold marschiert erhobenen Hauptes zur Schule.
Ich folge ihr, wie so oft vorher. Aber heute ist es anders als sonst.
Es sieht so aus, als könnten Marigold und ich nie befreundet sein, aber wenigstens weiß sie jetzt, daß ich jemand bin. Ich heiße Janet Stone, und ich lebe hier in Winterfield, genau wie sie.
Bis ich die Sache mit dem Ring erledigt habe, gebe ich mich damit zufrieden.

Als Jackie und ich Montag abend in den Hof kommen, striegelt Mr. Flower gerade Pearl. Pearl sieht uns durch seine Mähne an. Ich umarme ihn, und er legt seinen Kopf auf meine Schulter.

Jackie gibt Mr. Flower den Strauß Narzissen, den sie gepflückt hat.
»Mr. Flower«, sagt sie, »wir wollten gern mal über Jannies Job reden.«
Mr. Flower betrachtet die Narzissen. »Ein Heer von Goldnarzissen«, murmelt er.
»Ja. Ihre Großmutter Cook hat diese da gepflanzt.«
»Da konnt ein Dichter anders nicht«, zitiert Mr. Flower, *»als fröhlich mit den Frohen sein!«* Er sieht nicht fröhlich aus. Er sieht ganz niedergedrückt vor Kummer aus.
Jackie versucht es noch mal. »Mr. Flower, Jannies Job.«
»Ach ja. Der Job. Sie wissen, ich kann Pearl nicht behalten. Hab keinen Grund mehr dafür. Er war für Arthur.«
Ich habe Jackie erzählt, wie wütend Mr. und Mrs. Flower mit Arthur abgereist sind. Sie glaubt aber nicht, daß es endgültig ist. Sie sagt, sie würden schon wieder herkommen, wenn sie sich beruhigt hätten. Aber sie hat sie nicht wegfahren sehen. Ich schon.
Mr. Flower schaut Jackie über die Blumen hinweg an

und versucht zu lächeln. »Was soll ich denn jetzt mit diesem schönen kleinen Pony machen?«

»Mr. Flower, sie lieben Pearl doch«, sagt Jackie.

»Da haben Sie verdammt recht.«

»Jannie kennt jemanden, der Pearl gern mit Ihnen teilen würde.«

»Wer?« fragt Mr. Flower.

»Frankie Stass«, antworte ich.

»Frankie Stass«, wiederholt er, als ob er erst überlegen müßte, wer denn das sei. Mr. Flower wirkt heute irgendwie schwächer und langsamer als am Sonntag.

»Von nebenan«, sagt Jackie, und ich füge hinzu:

»Pearl mag Frankie. Und Frankie mag Pearl!«

»Wir dachten, Frankie kann Pearl reiten, und Jannie kann Ihnen mit all den anderen Sachen helfen. Und Sie können Pearl behalten.«

»Das wäre nicht schlecht«, sagt Mr. Flower. »Aber wie ... wie soll ich mit diesem Frankie Stass reden?«

Jackie sieht ihn scharf an. Ich bin froh, daß er diesen Blick nicht bemerkt. »Sie können einfach nach nebenan gehen, gleich jetzt.«

»Stass. Ich habe seit Jahren mit keinem Stass gesprochen. Nicht, seit meine Rosy ihre Tulpen aufgefressen hat.«

»Mr. Flower«, frage ich, »sind Sie schüchtern?«

Er lächelt mir durch die Narzissen zu. »Du wirst es nicht glauben, aber ich bin scheu wie ein Reh!«

»Das macht gar nichts«, sage ich. »Ich bin auch schüchtern.«

»Na gut«, sagt Jackie. »Wir gehen jetzt hin. Alle zusammen, auf der Stelle.«

Was bin ich froh, daß ich über die Cliff-Geschichte den Mund gehalten habe, wie Mr. Flower es gesagt hat!

Es war schwer. Als Irene Marigold fragte, wie es Cliff denn so gehe, wäre es fast aus mir herausgeplatzt. Aber Marigold zuckte nur mit den Achseln, also hielt ich den Mund.

Später sagte Irene zu Jessie: »Ich wette, die beiden haben Schluß gemacht, hm?« Ich ging gerade vorbei und hörte es. Und ich habe nichts gesagt! Das war so ziemlich das

Schwierigste, was ich je getan habe, aber ich bin froh darüber.

Mr. Flower, Jackie und ich gehen zur Hintertür der Stass, denn in Winterfield benutzt kein Mensch die Vordertür. Sie lassen uns rein. Mr. Stass erwähnt weder irgendwelche Tulpen noch irgendwelche Ziegen. Er fragt Frankie, ob die Sache mit Pearl ihm gefällt und ob er Pearl reiten wolle, und natürlich sagt Frankie ja. Er rennt sofort rüber zu Pearl.

Ich schaue mich nach einem Platz zum Verstecken um, und auf einmal steht Marigold hinter mir.

»Komm mit rauf in mein Zimmer«, sagt sie freundlich.

Ich schlucke meine Überraschung runter und gehe mit. Und jetzt bin ich noch viel erstaunter, als ich all die Schnappschüsse betrachte, die Marigold aufgehängt hat.

Da ist das Foto von Cliffs Geburtstagsparty, das sie in der Schule mithatte. Und Frankie auf Pearl. Thunder, der gerade ein Butterbrot frißt. Cliff beim Sirupzapfen, Tunie mit Kaugummi, Irene mit ihrem affektierten Lächeln, Jessie lauthals lachend. Und ich, auf einem ziemlich dreckigen Pearl.

»Hast du die Bilder gemacht?« frage ich.

»Na klar.« Sie wirft sich auf ihr ungemachtes Bett, ich setze mich neben sie.

»Ich mache auch Bilder. Bloß, meine sind gemalt.«

»Echt? Hast du mich schon mal gemalt?«

»Hm, ja.« (Mehrmals sogar.)

»Und Irene und die anderen?«

»Ja, schon.« (Ich hab sie mal als Hund, Katze und Kaninchen gemalt.)

»Oh, die würd ich gern mal sehen!«

»Na ja ...«

»Wenn du mich zu dir einlädst und wir uns die Bilder angucken, nennen die anderen dich bestimmt nicht mehr die hochnäsige Janet.«

»Was? Ich hochnäsig?« Ich dachte immer, ich bin die einsame Janet. Oder auch die dumme Janet. Aber hochnäsig, nie!

»Doch, klar«, sagt Marigold. »Du siehst alle Leute an, als ob sie gar nicht da wären.«

»Wirklich?«

»Ja. Und reden tust du auch mit keinem. Du lächelst nie. Darum nennen sie dich hochnäsig.«

»Aber ich kenne doch niemanden hier! Bist du schon mal neu in einer Schule gewesen?«

»Nein. Ich hab immer hier in Winterfield gelebt und meine Familie auch.«

»Siehst du. Dann weißt du auch nicht, wie es ist ...«

»Aber Tunie weiß es. Tunie mag dich irgendwie, auch wenn du hochnäsig bist.«

»Ich bin nicht hochnäsig! Ich bin bloß ... na ja, ich bin eben schüchtern.« Jetzt ist es raus.

»Und letztes Jahr kam Irene neu zu uns. Deshalb ...« Marigold schaut aus dem Fenster. »Deshalb habe ich doch mit dieser Cliff-Geschichte angefangen.«

»Was?«

»Weißt du, ich bin immer bloß hier gewesen. Aber Tunie und Irene und noch ein paar andere kommen aus der Stadt, Boston, Hartford, New York.«

»Na und?«

Marigold seufzt. »Ich wollte, daß sie mich für voll nehmen.«

»Das tun sie doch!«

»Für eine Weile ging's gut, aber irgendwie war dann die Luft raus, verstehst du?«

Ich nicke. »Keiner will mehr davon hören.«

»Genau. Ich auch nicht. Und jetzt weiß ich nicht, wie ich wieder mit Tunie befreundet sein kann, wo sie doch meinen Ring geklaut hat.«

»Aber Tunie hat deinen Ring gar nicht geklaut.« Jetzt hab ich's tatsächlich gesagt.

Marigold sieht mich aufmerksam an. Ich werde rot. »Ich hab's getan«, will ich sagen, aber es kommt kein Wort raus. Deshalb hole ich den Ring aus meiner Tasche und lasse ihn auf die Matratze fallen.

Marigolds Augen sind groß wie Suppentassen. Wir starren diesen blöden Plastikring an, Cliffs Freundschaftsring.

Draußen vor dem Fenster hören wir Mr. Flower sagen: »Kohlweißlinge. Connie machte immer ein Spray gegen die Raupen. Ich zeig Ihnen, wie.«

Und Jackie fragt: »Wo steckt Jannie eigentlich?«

»Du warst das also?« murmelt Marigold. »Du?« Sie kichert.

Ich kichere auch.

Und dann fangen wir beide an zu lachen, so doll, daß wir vom Bett rollen und uns die Bäuche halten. Als ich wieder sprechen kann, flüstere ich: »Maria?« Wie kommt das? Marigold ist kein bißchen wie Maria. Oder vielleicht doch?

»Was?«

»Ich meine, Marigold. Wollen wir morgen zusammen zur Schule gehen?«

»Hm, ich weiß noch nicht. Weißt du, das ist die einzige Zeit am Tag, die ich für mich alleine habe.«

»Oh.« Auf so was wäre ich nie gekommen. Ich habe immer mehr als genug Zeit für mich allein.

»Aber morgen ... das wäre ein Schock für die anderen! Au ja!« Marigold muß schon wieder lachen.

Draußen ruft Jackie: »Jannie! Komm, wir müssen nach Hause!«

»Hier«, sagt Marigold. »Behalt ihn.« Sie gibt mir den funkelnden Ring. »Freundschaftsring.«

»Okay.« Ich setze ihn auf den kleinen Finger. Wir sitzen auf dem Bett und gucken uns an, wie er funkelt.

Unten ruft Jackie wieder: »Jannie!«

»Ja!« rufe ich. »Ich komm ja schon.« Und zu Marigold: »Bis morgen.«

Wir drei gehen schnell nach Hause. Jackie will da sein, bevor es dunkel ist.
Mr. Flower und ich können nicht mit ihr Schritt halten. Er hinkt, so schnell er kann. Mein Bauch tut immer noch vom Lachen weh. Aber ich fühle mich so erleichtert! Ich halte die Hand hoch, um den Ring im letzten Sonnenstrahl funkeln zu sehen.
Jackie hält an. »Horcht mal«, sagt sie.
Wir horchen.
Irgendwo im Wald kracht und knarrt es.
»Vielleicht ist es ein Bär«, flüstere ich.
Rums, das klingt schon näher. Krach, da springt es mitten auf die Straße.
Es bleibt stehen und sieht uns aus dunklen leuchtenden Augen an. Ein Hirsch! Er springt über die Straße in den Wald. Wir sehen seinem hellen Schwanz nach, bis er verschwunden ist.
Ein außerirdisches Wesen würde dich auch so anstarren und dann mit seinem Raumschiff zu seinem Stern fliegen.
Bums, rums, bum kommen Huftritte den Feldweg entlang. »Das ist Pearl«, sage ich.

Sie kommen zu uns, Frankie und Pearl und Thunder. Und ich hab gedacht, ich müßte Frankie beim Aufzäumen und Aufsitzen helfen! Ich hätte dran denken sollen, daß er ein Stass ist.
Er reitet voller Stolz. Pearls Mähne weht in der Luft wie Pusteblumen. Thunder bewegt sich wie ein Schatten neben ihnen.
Mr. Flower räuspert sich. »Jannie«, sagt er, »habe ich dir je erzählt, wie sehr mein Stephen Tiere mochte?«
Ich will gerade ja sagen, aber da erzählt er schon weiter: »Eines Tages hat er ein Entenküken zu uns in die Küche gebracht. ›Das ist unser neues Haustier‹, hat er gesagt.«
Ich will sagen: »Ich weiß, Sie haben es mir schon erzählt«, aber er redet weiter. Und ich höre zu wie eine Enkelin, weil ich weiß, daß Großväter Geschichten gern mehrmals erzählen.

Cornelia Funke

POTILLA UND DER MÜTZENDIEB

Arthur traut seinen Augen nicht. In dem schmutzigen Bündel, das er im Wald gefunden hat, steckt was Lebendiges: Potilla, die Feenkönigin, etwa limonadenflaschengroß und sagenhaft hochnäsig. Arthur soll ihr helfen, und zwar sofort. Denn beim Tanz in der Abenddämmerung ist ihr Volk von einem grausigen Wesen überfallen worden, das alle Feenmützen an sich gerissen hat. Ohne Mützen können die Feen aber nicht in ihr Reich zurück. Jetzt hat Arthur keine ruhige Minute mehr, denn Potilla widerspricht man nicht.

DRESSLER

Mieke Vanpol

ICH NENN DICH EINFACH IB

Blöde Geometrie, denkt Tom. Ob der Neue was davon kapiert? Vielleicht versteht er ja auch nur Türkisch? Tom und Ibrahim werden Freunde. Tom hilft Ibrahim, sich besser zurechtzufinden, und Ibrahim hilft Tom bei den Geometrieaufgaben. Nur schade, daß Stefan jetzt nicht mehr Toms Freund sein will. Überhaupt scheinen eine Menge Leute etwas gegen Ibrahim zu haben. Und da wird Tom eines Tages furchtbar wütend!

DRESSLER